The Complete Sherlock Holmes

The Hound of the Baskervilles

by Arthur Conan Doyle

福爾摩斯探案全集 5

巴斯克維爾的獵犬【增錄外傳：板球場義賣會】

柯南·道爾／著
楚材、吕仁／譯

好讀出版

目次
CONTENTS

第1章 — 夏洛克・福爾摩斯

夏洛克・福爾摩斯此刻正坐在餐桌旁享用早餐，除了那些需要通宵達旦熬夜工作的日子外，他早上總是很晚才起床。我站在壁爐前的地毯上，順手拿起昨晚那位訪客遺忘的手杖，這是一根用上好檳榔木製成的手杖，手杖頂端有個疙瘩，在杖柄下面是一圈寬約一英寸的銀箍，上面刻著「**贈皇家外科醫學院學士詹姆斯・莫蒂默，C・C・H・的朋友們**」的字樣，還刻有「一八八四年」。看起來就像家庭醫生常用的那種舊式手杖一樣，莊重、堅固而實用。

「啊，華生，你對手杖有什麼看法？」

福爾摩斯正背對著我坐在那裡，我還以爲他沒察覺到我在做什麼呢。

「你怎麼知道我在幹什麼？不會是你的後腦勺長了眼睛吧！」

「至少我的眼前放著一把擦得很亮的鍍銀咖啡壺。」他說，「可是，華生，告訴我，你對咱們這位客人的手杖有何看法呢？既然咱們無緣遇到他，對他來訪的目的也一無所知，這件意外的紀念品就變得格外重要了。在你把它詳細查看過後，形容一下這位訪客吧！」

「我想，」我儘量模仿我這位夥伴的推理方式說，「從認識他的朋友送給他這件用來表示敬意的紀念品來看，莫蒂默醫生是位事業有成、年高德劭的醫界前輩，並且很受人尊敬。」

「好！」福爾摩斯說：「妙極了！」

「我還認爲，他很可能是一位在鄉村行醫的醫生，出診時多半用步行。」

「爲什麼呢？」

「因爲這根原本很漂亮的手杖上已經有很多碰撞的痕跡，很難想像一位在城裡行醫的醫生還肯拿著它。而且，下端所裝的厚鐵包頭已經磨損得很厲害了，顯然他曾用它走過很多路。」

「完全合理！」福爾摩斯說。

「還有，那上面刻著『C·C·H·的朋友們』，我猜想大概是個獵人會；他可能曾經爲當地這個獵人會的會員們看過病，因此，他們送了他這件小禮物以表謝意。」

「華生，眞是士別三日，刮目相看。」福爾摩斯一面說著，一面把椅子向後推了推，點上一根菸，「我不得不說，在你熱心爲我那些微不足道的成就所做的記載裡面，你已經習慣於低估自己的能力了。也許你本身並不能發光，但你卻是光明的傳導者。有些人本身不是天才，可是有著相當能激發天才的力量。我承認，親愛的夥伴，我眞是太感謝你了。」

他以前從未講過這麼多的話，我得承認，他的話帶給我極大的快樂。因爲過去他常漠然看待我對他的欽佩和爲將他的推理方法公諸於眾所做的努力，這很傷我的自尊心。想到現在我居然也能掌握到他的方法，而且實際應用起來，還得到了他一反常態的讚許，我不覺有些飄飄然。現在

他把手杖拿了過去，仔細審視了幾分鐘，然後帶著一副很感興趣的神情放下菸，把手杖拿到窗前，又用放大鏡仔細察看起來。

「很簡單，但還有點意思，」他說著，在他最喜歡的長椅上坐下，「手杖上確實有一兩處能夠說明問題。它爲我們的推論提供了依據。」

「還有什麼線索被我遺漏了嗎？」我帶著幾分自負地問道，「我相信，那些重要的地方我都談到了。」

「親愛的華生，恐怕你的結論大部分都是錯誤的吧！坦白地說，當我說你激發了我時，我的意思是，在指出你的謬誤的同時，往往就會把我引向了眞理。但這次你的推斷並非完全錯誤。物主肯定是一位在鄉村行醫的醫生，而且他的確是常常步行。」

「那就是說，我的猜測是正確的。」

「僅僅這部分而已。」

「但，這就是全部事實了。」

「不，不，親愛的華生，絕非全部。譬如：我倒願意指出，送給莫蒂默醫生這件禮物的，與其說是某個獵人會，倒不如說是一家醫院；因爲兩個字頭『C．C．』是放在『醫院（Hospital）』一詞的前面，所以，聯想到『查林十字（Charing Cross）』這個詞是很自然的。」

「或許你是對的。」

「很可能是如此。如果咱們把這一點當作是有效的假設，那我們就有了一個新的基礎了。由這個基礎出發，就能對這位未知的訪客進行描繪了。」

「好吧！假設『C．C．H．』所指的就是查林十字醫院，那麼我們進一步究竟能得出什麼結論呢？」

「難道它們就沒有一點啓發嗎？你已經瞭解了我的方法，那麼就應用吧！」

「我只能想到一個明顯的結論，就是那個人去鄉下之前曾在城裡行過醫。」

「我想咱們可以斗膽想得更遠些。從這樣的角度來看，最可能在什麼樣的情況下，才會出現這樣的贈禮行爲呢？在什麼時候，他的朋友們才會聯合起來送禮物來表達心意呢？顯然是在莫蒂默醫生自行開業離開醫院的時候。我們知道有過一次贈禮的事；我們相信他曾經有過一次從城市醫院轉到鄉村去行醫的變動。那麼我們說，這項禮物是在那個轉換的當時送的，這個結論不算過分吧。」

「看來當然是可能的。」

「現在，你可以看得出來，他不會是醫院的主治醫師，因爲只有在倫敦行醫有相當名望時，才能擁有這樣的地位，而這樣的一個人是不會搬到鄉下去的。那麼，他究竟是做什麼的呢？如果說他確實是在醫院工作，但還沒有成爲主治醫師，那麼他就只可能是個住院外科醫生或者是住院內科醫生——地位只比醫學院高年級的學生略高一點；而他是在五年前離開的——日期就刻在手杖上，因此你想像中的那位嚴肅的、年過半百的醫學界前輩就化爲烏有了。親愛的華生，曾在這裡出現的應該是一位不到三十歲的青年人，和藹可親、安於現狀，還有點粗心大意。隨他同來的還有他心愛的狗，我大致可以把牠形容成比一般犬大，比獒犬小。」

我不相信地笑了起來。福爾摩斯仰頭靠在長椅上，向天花板吐著飄忽不定的小煙圈。

「對於你所說的後一部份，我無法驗證，」我說，「但是要想找出一點兒有關這個人的年齡和履歷的特點來，至少還不是什麼難事。」我從我那個放醫學書籍的小書架上取下一本《醫學備覽》，翻到人名欄的地方。裡面有好幾個姓莫蒂默的人名，但只有一個可能是我們的訪客。我高聲地讀出了這段記載：

> 詹姆斯‧莫蒂默，一八八二年畢業於皇家外科醫學院，德文郡達特沼地格林盆人。一八八二——一八八四年在查林十字醫院任住院外科醫生。因撰題為《疾病是否隔代遺傳》的論文而獲得傑克遜比較病理學獎金。瑞典病理學協會通訊會員。《幾種隔代遺傳的畸形症》（載於一八八二年的《柳葉刀》）、《我們在前進嗎？》（載於一八八三年三月份的《心理學

報》）等文章的作者。曾任格林盜、索斯利和高塚村等教區的醫務官。

「並沒有提到那個當地的獵人會啊，華生！」福爾摩斯揶揄地微笑著說，「正如你所觀察到的那樣，他不過是個鄉村醫生。我想在其他方面，我的推論基本上也是正確的。至於那些形容詞，如果我記得不錯的話，我說過『和藹可親、安於現狀和粗心大意』；根據我的經驗，在這個世界裡只有待人親切的人才會收到紀念品；只有不圖名利的人才會放棄倫敦的生活而跑到鄉村去；只有粗心大意的人才會在你屋裡等了一個小時之後沒留下自己的名片，反而留下了自己的手杖。」

「那狗呢？」

「那狗經常叼著這根手杖跟在牠主人的後面。那手杖很重，狗不得不緊緊地叼著它的中央，因此，牠的牙印就能看得很清楚了。從這些牙印間的空隙看來，我認為這隻狗的下巴要比犬下巴寬，而比獒犬下巴窄。牠可能是——對了，牠一定是一隻長毛垂耳的獚犬。」

他在說這話的同時，也從椅子上站了起來，並在屋裡來回踱步。現在，他在突出樓外的窗臺前停住了腳步。他的語調充滿著自信，我不由得抬起頭來，以驚奇的眼光望著他。

「親愛的夥伴，對這一點，你怎麼能這樣肯定呢？」

「很簡單，因為我看到那隻狗正在咱們大門口的臺階上，而且你現在聽到的門鈴聲就來自於牠的主人。我請你不要走開，華生。他是你的同行兄弟，你的在場對我也許會有幫助。華生，現在眞是命運之中最富戲劇性的時刻了，你聽到樓梯上的腳步聲了吧，他正在走進你的生活；可是，你竟不知道是禍是福。這位醫學界的人物，詹姆斯・莫蒂默醫生，要向犯罪問題專家夏洛克・福爾摩斯請教些什麼呢？請進！」

這位客人的外表確實大大出乎我的預料。因爲我先前預想的是一位典型的鄉村醫生，而他卻是一個又高又瘦的男人，長著像鳥喙一樣的長鼻子，突出在一雙敏銳的灰眼睛之間，兩眼相距很近，在一副金邊眼鏡的後面炯炯發光。他穿的是他這一行人常愛穿的衣服，可是卻相當落魄，因爲他的外衣已經髒了，褲子也已磨損。雖然還年輕，可是長長的後背已經有些佝僂了，他在走路的時候頭向前探著，顯示出一種貴族般的慈祥風度。他一進門，目光馬上就落在福爾摩斯手中的手杖上，他歡呼一聲就向他跑了過去。「我太高興了！」他說道，「我不能肯定我是把它忘在這裡了呢？還是忘在輪船公司裡了？我寧可失去整個世界，也不願失去這根手杖。」

「我想它是件禮物吧。」福爾摩斯說。

「是的，先生。」

「是查林十字醫院送的嗎？」

「是那裡的一、兩個朋友在我結婚時送的。」

「天哪，天哪，眞糟糕！」福爾摩斯搖著頭說。

莫蒂默醫生透過眼鏡帶著幾分驚異地眨了眨眼。

「爲什麼糟糕？」

「因爲您已經打亂了我們的幾個小小推論，您說是在結婚的時候，是嗎？」

「是的，先生，我結婚了，也因此離開了醫院，放棄了成爲顧問醫生（醫生之中地位最高者，不接待門診病人，而專門參與會診，治療一般醫生難以診治的疑難病症。）的全部希望。可是，爲了家庭的幸福，這樣做是完全必要的。」

「啊哈！這麼說，我們總算還沒有錯得太離譜。」福爾摩斯說道，「嗯，那麼，詹姆斯·莫蒂默醫生——」

「您稱我先生好了，我只是個小小的皇家外科醫學院學生。」

「而且顯而易見，還是個思緒精細的人。」我在一邊插嘴道。

「一個對科學略知一二的人，福爾摩斯先生；一個在遼闊的未知海洋岸邊揀拾貝殼的人。我想正在和我談話的就是夏洛克・福爾摩斯先生。」

「不，這是我的朋友華生醫生。」

「很高興能見到您，先生。我曾聽到人家將您和您朋友的名字相提並論。至於您，福爾摩斯先生，我對您非常感興趣。我真想不到會看見這麼長的頭顱，還有如此深陷的眼窩。您不反對我用手指沿著您的頭頂骨縫摸一摸吧，先生？在沒有得到您這具頭骨的實物以前，如果按照您的頭骨做成模型，對任何人類學博物館說來都會是一件出色的標本。我並不想惹人厭，可是我得承認，我真是羨慕您的頭骨。」

夏洛克・福爾摩斯揮手請我們陌生的客人在椅子上坐下。「先生，我看得出來，您和我一樣，是個熱心於思考本行問題的人。」他說道，「我由您的手指就可以看出您是自己捲菸來抽的；不要猶豫了，請點根菸吧！」那人拿出了捲菸紙和菸草，把菸絲倒在紙上，以熟練的驚人手法把它們捲在一起。他那長長的手指抖動著，好像昆蟲的觸鬚一樣。

福爾摩斯很平靜，可是他那快速轉動的眼神使我看出，他對我們這位怪異的客人已經產生了興趣。

「我認爲，先生，」他終於說起話來了，「您昨晚賞光來訪，今天又再次光臨寒舍，恐怕不僅僅是爲了研究我的頭顱吧？」

「不，先生，不是的，雖然我也很高興有機會這樣做。但我所以來找您，福爾摩斯先生，是因爲我知道自己是個缺乏實際經驗的人，而且我忽然遇到了一件非常嚴重又極爲奇特的問題。由於我確知您是全歐洲第二高明的專家——」

「眞的？先生！那麼請允許我冒昧問一句，那位榮幸站在第一位的是誰呢？」福爾摩斯有些刻薄地問道。

「就具有精確的科學頭腦而言，伯蒂隆先生的辦案手法總是有很強的吸引力的。」

「那麼您去找他商討不是更好嗎？」

「先生，我是說，就具有精確的科學頭腦而言。可是，就處理具體業務的實際經驗來說，眾所周知，您是首屈一指的。我想，先生，我沒有在無意中說了什麼讓您誤會的話吧？」

「多少有那麼一點。」福爾摩斯說道，「我想，莫蒂默醫生，不必再拐彎抹角了，請您最好直接說明來意，把需要我協助解決的問題明白地告訴我吧。」

第2章 巴斯克維爾的詛咒

「我口袋裡有一篇手稿。」詹姆斯・莫蒂默醫生說。

「當您進屋時我就注意到了。」福爾摩斯說。

「是一張舊手稿。」

「是十八世紀早期的，除非它是僞造的。」

「您怎麼能一下就說出它的年代呢，先生？」

「在您說話的時候，我看到那手稿一直露在外面一兩英寸的光景。如果不能把一份手稿的時期估計得相差不出十年左右的話，那就眞是枉稱專家了。或許您已經讀過我專門就這個話題寫的那篇論文了吧。據我判斷，這篇手稿是在一七三〇年寫成的。」

「確切的年份是一七四二年。」莫蒂默醫生從胸前的口袋裡把它掏了出來，「這份祖傳的家書，是查理斯・巴斯克維爾爵士交付給我的，三個月前他的突然慘死，在德文郡曾引起了非常大的驚恐。可以說，我既是他的私人醫生，同時又是他相當親近的朋友。他是個意志堅強的人，精明、務實，而且像我一樣，多少有些乏味。他把這份文件看得很認眞，在心裡早已做好接受這種結局的準備；而最終，他的結局竟然和這封家書所說的一模一樣。」

福爾摩斯伸手接過那份手稿，把它平放在膝頭上展開。

「華生，你注意看，長S和短S的換用，這就是使我能確定年代的幾個特點之一。」

我從他的肩頭探過頭去，望著那張已經泛黃的紙張，以及上面褪了色的字跡。開頭寫著「**巴斯克維爾莊園**」，下面是大大的幾個潦草的數字「1742」。

「看上去像是一篇關於什麼的記錄。」

「是的，是一樁流傳在巴斯克維爾家族的傳說。」

「不過我想您來找我商討的，恐怕是比這個更現實和更有實際意義的事情吧？」

「是近在眼前的事，一件最現實和急迫的事，必須在二十四小時之內做出決定。不過這份手稿不長，而且與我將要談到的那件事有著密切關聯。如果您不反對的話，我就把它讀給您聽聽。」

福爾摩斯仰靠在椅背上，兩手指尖對撐著，閉上了眼睛，顯出一副不置可否的神情。莫蒂默將手稿移向光線較亮的地方，以一種高亢而嘶啞的聲音，朗讀起下面

這篇奇特而古老的故事：

關於巴斯克維爾的獵犬其由來已經有很多種說法。作為雨果・巴斯克維爾的直系後代，這件事是我從我父親那裡聽來的，而我父親又是直接聽他父親，也就是我祖父親口講述。我之所以要把它寫下來，是因為我相信這件事的確曾經發生過。兒子們，但願你們相信，公正的神明能夠懲罰那些有罪的人，同樣也會仁慈地寬恕他們，只要他們能祈禱悔過，多麼深重的罪孽都能得到化解。你們要從這個故事中汲取教訓，但也不必因為前輩們所得的惡果而心存恐懼，只要自己將來誠心向善，這家族過去嚐受到的深重痛苦就不會重新落在咱們這些敗落的後代身上。

據說是在大叛亂時期（我真心向你們建議，應該讀一讀博學的克萊倫頓男爵所寫的歷史），這所巴斯克維爾莊園歸一個叫雨果・巴斯克維爾的人所有，不必諱言，他是個極其鄙俗粗野、目無上帝的傢伙。說實話，如果僅此而已，鄉親們本是可以原諒他的，因為在這一地區，從來就沒有人真把神聖的宗教當回事。何況他狂妄、殘忍的本性，在整個西部早已是家喻戶曉了。但自從這位雨果先生偶然地愛上了（如果他那卑鄙的情慾還配用這樣純潔的字眼稱呼的話）一個在巴斯克維爾莊園附近種著幾畝地的莊稼人家的女兒後，情況就發生了變化。這位少女一向有著謹言慎行的好名聲，對惡名遠播的他自然相當害怕，千方百計地躲著他。時間就這樣過去了，直到米迦勒節那一天，這位雨果先生打聽好她的父兄倆都出門去了，就和五、六個遊手好閒的下流朋友一起，偷偷溜到她家，把這個姑娘搶了回來。他們把她弄到莊園，關進樓上的一間小屋子裡，雨果就和朋友們坐下狂歡痛飲起來，他們每天晚上都是這樣渡過的。這時，樓上那位可憐的姑娘聽到樓下的狂歌亂吼和那些不堪入耳的污言穢語，早已嚇得六神無主。有人說，雨果・巴斯克維爾酒醉時說的那些話，誰敢重複一遍都會遭到上天的報應。最後，極度的恐懼促使她竟做出一件就連最勇敢和最敏捷的人都會為之氣餒的壯舉。她從氣窗鑽出來，沿著爬滿南牆的蔓藤由房檐下面一直爬了下來，然後穿過沼澤地往家裡跑去，莊園離她家大約有九英里的樣子。

過了一會兒，雨果離開客人，帶著食物和酒──或許還有更糟糕的東西──去找他的獵物，可是發現，籠中的小鳥已經逃走了。你能想像出當時的情景，雨果就像著了魔似地衝下樓來，一到飯廳就跳上大餐桌，桌上的酒瓶木盤全都被他踢飛了。他在朋友面前大嚷大鬧著說：只要當晚他能追上那姑娘，他甘願把肉體和靈魂全都獻給魔鬼。當那些正在尋歡作樂的浪子們被他的暴怒嚇呆了的時候，有一個特別兇惡的傢伙──也許是因為他比別人喝得更多──叫嚷著說應當把獵犬都放出去追她。雨果聽了二話不說就跑了出去，高呼馬夫牽馬備鞍，並把犬舍裡的狗全都放出來，把那少女丟下的頭巾給那些獵犬聞了聞，就把牠們一窩蜂地轟了出去，在一片狂吠聲中，這些狗往月光下的沼澤地狂奔而去。

有好一陣子，那些浪子們目瞪口呆地站著，搞不明白這樣興師動眾地鬧了半天究竟是怎麼回事。過了半天他們才醒悟過來要到沼澤地裡去幹什麼，於是又都大喊大叫起來了，有人喊著要帶手槍，有人忙著找自己的馬，還有人甚至想再帶一瓶酒。終於，他們那瘋狂的頭腦恢復了一點理智，十三個人全體上馬投入了追捕。頭頂上的月亮清清楚楚地照著他們，他們彼此緊靠在一起，順著那少女回家的必經之路疾馳而去。

他們跑了一、二英里路的時候，遇到了一個沼澤地裡的夜間牧羊人，他們大喊著問他看到了他們的獵物沒有。據說那牧羊人當時被嚇得幾乎都說不出話來了，後來，他終於說他確實看到了那個可憐的少女，後面還有一群緊追不捨的獵犬。「我看到的還不止這些呢，」他說道，「雨果．巴斯克維爾也騎著他那黑馬從這裡過去了，還有一隻魔鬼似的大獵狗一聲不響地跟在他的後面。上帝保佑，可別讓那樣的狗跟在我的後面！」

那群醉鬼胡亂罵了那牧羊人幾句，就又騎馬趕了下去。可是不久他們就被嚇得渾身發冷了。因為他們聽到沼澤地裡傳來馬匹奔跑的聲音，隨後就看到那匹黑馬從他們身邊跑了過去，馬兒口流白沫，

鞍背上空空無人，韁繩也拖曳在地上。從那時起那些浪子們就再也不敢單獨行動，因為一種巨大的恐懼感已經籠罩住他們，可是他們還是繼續在沼澤地裡前進著。毫無疑問，如果他們只是孤身一人走在那裡的話，早就會掉轉馬頭跑回去了。他們就這樣一點點地緩慢騎行，最後終於趕上了那群獵犬。這些平時以驍勇和優種出名的獵狗，此時竟然在一條深溝的盡頭處擠躲成一團，口中不時發出含混的低嚎，有些大概已經逃之夭夭了，其餘的則頸毛直豎，兩眼直瞪瞪地望著前面一條窄窄的小溝。

這幫人勒住了馬，可以猜想得到，他們現在已比出發時清醒得多了。大多數人都不想再前進了，可是有三個膽子最大的——也許是醉得最厲害的——繼續策馬向山溝走了下去。前面出現了一片寬闊的平地，中間矗立著兩根高大的石柱——是古時候不知什麼人豎立在那裡的，直到今天還可以看到。

月光把那塊空地照得很亮，那個可憐的少女就躺在空地的中央，她是在極度的驚恐和疲憊中失足摔死的。可是使這三個膽大包天的酒鬼毛骨悚然的既不是少女的屍體，也不是躺在她附近的雨果·巴斯克維爾的屍體，而是正站在雨果身旁撕扯著他喉嚨的那個可怕東西，一隻又大又黑的野獸，樣子像一隻獵狗，可是誰也沒見過這麼大的獵犬。正當他們看著那傢伙撕扯雨果．巴斯克維爾的喉嚨的時候，牠把閃亮的眼睛和流著口水的大嘴向他們轉了過來。三個人被嚇得尖叫起來，趕忙調轉馬頭沒命似的奔逃，在穿過沼澤地的時候還一路驚呼不已。據說其中的一個當晚就被所看到的東西嚇死了，另外兩個也落得個終身精神失常。

我的兒子們啊，這就是那隻傳說中的獵犬的來歷，據說從那時起，那隻獵犬就一直可怕地騷擾著咱們的家族。我所以要把牠寫下來，是因為我覺得：清清楚楚地瞭解一件事的原委，比起道聽塗說加胡亂猜測得到的東西，會減少一些無謂的恐懼。不可否認，在咱們家族裡，有很多人都未得善終，死得突然、淒慘而又神秘。但願能得到上帝無邊慈愛的庇護，不再把懲罰降在我們這些第三代以至第四代子孫身上，因為我們早已唯聖典之命是聽。我的兒子們，我借上帝之名命令你們，同時也是勸戒你們，要多加小心，千萬避免在黑夜降臨、罪惡勢力囂張的時候穿過沼地。

（這就是雨果•巴斯克維爾留給兩個兒子羅傑和約翰的家書，並特別囑咐二人，不要向他們的胞姊伊莉莎白透露關於此事的任何訊息。）

讀完這篇怪異的記載之後，莫蒂默醫生把眼鏡推到前額上面，目光直望著福爾摩斯。福爾摩斯打了個呵欠，順手把菸頭扔進了爐火。

「就這些？」他說。

「您不覺得有興趣嗎？」

「對一個搜集神話的人來說，也許會很有興趣。」

莫蒂默醫生又從衣袋裡掏出一張折疊著的報紙。

「福爾摩斯先生，現在我要告訴您一件發生時間較近的事。這一張是今年五月十四日的《德文郡紀事報》。上面有一篇關於前不久查理斯・巴斯克維爾爵士死亡的簡短闡述。」

我的朋友向前探了一下身子，神色開始變得專注起來。

我們的訪客重新戴好眼鏡，又開始讀了起來：

最近查理斯・巴斯克維爾爵士之猝然去世，使本郡上下不勝哀惋。據悉，該人很有希望在下屆選舉中被推舉為中德文郡自由黨候選人。雖然查理斯爵士入主巴斯克維爾莊園的時間不久，但其厚道與慷慨已深得周圍群眾之敬愛。直此暴發戶充斥之時，如查理斯這樣一支名門之後，竟能致富還鄉，重振因厄而中衰之家聲，誠為可喜。眾所周知，查理斯爵士曾在南非投資致富。但他明智地選擇全身而退，攜帶變賣了的財富返回英倫。他開始重修巴斯克維爾莊園的宅邸不過兩年，其規模龐大的重修和整建計畫一直爲人們普遍談論之話題，如今此計畫已因其本人逝世而中斷。因他並無子嗣，他曾公開表示，在他有生之日整個鄉區將得到他的資助，因此，有很多人爲其意外身亡而深感哀悼。至於他對本地及郡慈善機關的慷慨捐贈，本欄亦時有報導。

驗屍結果尚未足以將查理斯爵士死亡之相關情況釐清；至少尚未足以消除當地由於迷信所引起之諸多謠傳。沒理由懷疑有任何犯罪成分，或非自然原因導致死亡發生之跡象。查理斯爵士是一位鰥夫，或許可以說他是一個在某些方面精神狀態有些反常的怪人。儘管他資產巨富，但個人嗜好卻極為簡單。巴斯克維爾莊園中的僕人只有巴瑞摩夫婦二人，丈夫是總管，妻子則充當管家婦。他們的證詞——已被幾個朋友的陳述所證實——說明，查理斯爵士曾一度有健康狀況不良之徵兆，尤其是在心臟功能方面，發作時面色改變、呼吸困難及嚴重的神經衰弱。死者的朋友和私人醫生詹姆斯·莫蒂默也提供了結論相同的證明。

案件的實情甚為簡單。查理斯·巴斯克維爾有一習慣，每晚就寢前，須沿巴斯克維爾莊園著名的水松夾道散步。巴瑞摩夫婦的證詞說明死者之習慣確實如此。五月四日，查理斯爵士曾聲稱他第二天將動身前往倫敦，並曾命巴瑞摩為他準備行李。當晚他照常出去作晚間散步，在此期間他慣常抽著一支雪茄。可是他再也沒有回來。在十二點鐘的時候，巴瑞摩發現前廳的大門還開著，吃了一驚，於是就點了燈籠，出去尋找主人。那天氣候很潮濕，所以沿著夾道下去很容易看到爵士的足跡。小路的中間有個通向沼地的旁門。種種跡象顯示查理斯爵士曾在門前短暫逗留，然後又沿著夾道走了下去，他的屍體就是在夾道的末端被發現的。有一件尚未得到解釋的事實是，巴瑞摩說：他主人的足跡在過了通往沼地的旁門後就變了樣，就好像是從那以後就改用足尖走路了。有一個叫作摩菲的吉卜賽馬販子，當時正在沼地裡距出事地點不遠的地方，可是他自己承認當時酒醉得很厲害，神志並不十分清醒。他聲稱他曾聽到叫喊聲，但說不清是來自哪個方向。在查理斯爵士身上找不到遭受暴力襲擊的痕跡，可是醫生的證明中指出，死者的面容嚴重變形，以至於一開始他都難以相信，那躺在面前的就是他的朋友和病人的屍體——據解釋說，這是一種因呼吸困難和心臟衰竭而死的時候偶爾會出現的現象。這一解釋已為屍體解剖所證明，說明死者存在著由來已久的官能性病症。法院驗屍官繳呈的判斷書也與醫生的證明相符。事件如此結束尚屬妥善，因查理斯爵士之後代仍將在莊園居住，並將繼續為不幸所中斷之善行，此事的重要性在於，人們已經普遍把這起事件與當地流傳甚廣的那個荒誕的傳說暗中聯繫在一起，如果驗屍官平庸的調查最終不能平息那些謠言，恐怕就很難再為巴斯克維爾莊園找到住戶了。據瞭解，爵士現存最近的血親是他弟弟的兒子亨

利・巴斯克維爾先生，如果這位仁兄還活著的話。以前最後一次得到的消息是聽說這位年輕人在美洲。目前已著手進行調查，以便通知他來接受這筆為數龐大的財產。

莫蒂默醫生把報紙疊好，放回口袋裡。

「福爾摩斯先生，這就是眾所周知的有關查理斯・巴斯克維爾爵士死亡的事實。」

「我必須謝謝您，」福爾摩斯說，「讓我再次產生對這件有趣案件的興趣。當時我曾留意到一些報紙的報導，但那時我正專心致力於梵蒂岡寶石案那件小事，在受託於教皇急迫的囑託之下，竟然錯過了在英倫發生的一些有趣案件。您說這段文章已經包括了全部公開的事實嗎？」

「是的。」

「那麼，再告訴我一些沒有公開的情況吧。」他再一次向後仰去，把兩隻手的指尖對撐在一起，露出他那極爲冷靜的、洞悉一切的表情。

「這樣一來，」莫蒂默醫生說著，情緒開始激動起來，「就會把我還沒有告訴過任何人的事情都說出來了，我連驗屍官都隱瞞了。因爲一個從事科學工作的人，最怕在公眾面前顯示，他似乎也相信了一種流傳的迷信。此外，我還有另一個動機，就像報紙上所說的那樣，如果再有任何事情，進一步惡化巴斯克維爾莊園那已經相當可怕的名聲，那麼就眞的再不會有人敢住在那兒了。爲了這兩個原因，我想，不將我知道的事情全部都說出來是正確的，因爲那樣做不會有什麼好處，但是對您，福爾摩斯先生，我沒有理由不開誠佈公，徹底說出來。

「沼地上的住戶們彼此相距都很遠，而那些居所較近的人們往往就會產生比較密切的關係。因爲這個原因，我和查理斯．巴斯克維爾爵士見面的機會就很多。除了賴福特莊園的弗蘭克蘭先生和生物學家斯特普爾頓先生外，方圓數十英里之內就都沒有受過教育的人了。查理斯爵士是一位喜歡隱居獨處的人，可是他的病把我們倆拉在一起，而對科學的共同興趣使我們親近起來。他從南非帶回來很多科學資料，有很多美妙動人的傍晚，在我們對布希人和豪騰脫人的比較解剖學研討中悄然渡過。

「在最後的幾個月裡，我愈來愈清楚地感覺到，查理斯爵士的神經系統已經緊張到了極點。他對我讀給你們聽的那個傳說深信不疑——雖然他經常在自己的宅邸之內散步，但一到晚上，誰也甭想讓他向沼澤地方向邁出一步。福爾摩斯先生，在你看來一定有些不可理喻，可是，他就是相信，可怕的災難就要降臨在他的家族身上。顯然，上輩流傳下來的傳說對他產生了極大的負面影響。可怕的事就要出現在眼前的想法經常佔據著他的身心，他不只一次地問過我，是否在夜間出診的途中看到什麼奇怪的東西，或是聽過一隻獵犬的嗥叫。後邊這個問題他問過我好多次了，而且總是帶著驚慌顫抖的聲調。

「我記得很清楚，有一天傍晚我駕著馬車到他家去，那是在那件致命的慘劇發生前大約三個星期左右的時候。碰巧他正站在正廳門前。我已經從我的小馬車上下來站在他的面前了，忽然看到他的眼睛裡帶著極端恐怖的表情，盯視著我的背後。我猛然轉過身去，只來得及看到一個大黑牛犢似的東西一閃而過。他相當驚慌恐懼，我不得不走到那動物曾經出現的地方四下尋找了一番，但牠已經跑了。可是，這件事似乎在他心中造成了非常惡劣的影響。我陪他待了整整一個晚上，也就是在那一次，爲了解釋他所表現的情緒，他把我剛來時讀給您聽的那篇記載拿了出來，並託我保存。我之所以要提到這一個小小的插曲，是因爲它在隨後發生的悲劇中可能有某種重要性，可是在當時，我確實認爲那只是一件微不足道的小事，他的驚恐也是沒有來由的。

「查理斯爵士還是聽從了我的勸告，打算到倫敦去。我知道，他的心臟已經受了影響，他經常處在焦慮不安的狀態中，不管其緣由是多麼的荒誕不經，但顯然已經嚴重地影響到他的健康了。我想，只要在都市裡待上幾個月，新的生活環境就能把他恢復成一個新人。我們共同的朋友斯特普爾頓先生非常關心他的健康狀況，也和我的意見相同。可是，這可怕的災禍竟在臨行前的最後一晚發生了。

「在查理斯爵士暴斃的當晚，總管巴瑞摩發現以後，立刻就派了馬夫珀金斯騎著馬來找我，因爲我通常很晚就寢，所以在出事後不到一小時我就趕到了巴斯克維爾莊園。我驗證了現場的所有情況，就是後來在驗屍報告中提到的那些事實。我順著他的腳印走到水松夾道盡頭，看到了對著沼地的那扇旁門，看來他曾在那兒等過人，是我首先注意到從那以後足跡形狀的變化。我還發現，除了巴瑞摩在軟土地上留下的足跡之外再也沒有其他足跡。最後我又仔細地檢查了屍體，在我到達以前還沒有人動過他。查理斯爵士趴在地上，兩臂伸出，手指插在泥土裡；他的面部肌肉因強烈的感情波動而緊縮起來，甚至使我無法辨認，但確實沒有任何傷痕。可是在警方訊問時，巴瑞摩提供的一個證明並非事實。他說在屍體周圍的地上沒有任何痕跡，他什麼也沒有看到。可是，我看到了——就在離屍體不遠的地方，不僅清晰可辨，而且痕跡還很新。」

「足跡？」

「足跡。」

「是男人的還是女人的？」

莫蒂默醫生以一種奇怪的神情望了我們一會兒，然後用一種低得近乎耳語一樣的聲音回答道：「福爾摩斯先生，是個極大的獵犬爪印！」

第3章 疑案

說實話，在聽到這些話的時候，我禁不住渾身打了個冷顫。醫生的聲調也在發抖，這說明連他自己都被從他口中說給我們聽的那件事所深深地震撼了。福爾摩斯驚訝地向前探著身，兩眼炯炯發光，顯現出他對一件事極感興趣時所特有的專注眼神。

「您眞的看到了？」

「就像我現在看見您一樣清楚。」

「而您什麼也沒有說？」

「說了又有什麼用呢！」

「爲何沒有其他人看到呢？」

「爪印距離屍體大約有二十碼，沒有人想

到往那邊看一眼。我想如果我事先不知道那件傳說的話，恐怕也不會在意它。」

「沼地裡有很多牧羊犬嗎？」

「當然，但是這隻絕不是牧羊犬。」

「您是說它很大嗎？」

「是巨大。」

「它沒有接近屍體嗎？」

「沒有。」

「那是個什麼樣的夜晚？」

「又濕又冷。」

「但是沒有下雨吧？」

「沒有。」

「夾道是什麼樣的？」

「有兩行老水松樹排成的樹籬，十二英尺高，種得很密，人無法通過，中間的小路大約有八英尺寬。」

「在樹籬和小路之間還有其他東西嗎？」

「有的，在小路兩旁各有一條約六英尺寬的草地。」

「我想那樹籬有一處是被柵門切斷了吧？」

「是的，就是對著沼地開的那個柵門。」

「還有其他的開口嗎？」

「沒有了。」

「這樣說來，要想到水松夾道裡來，只能從宅邸裡或是由開向沼地的柵門進去了？」

「穿過另一頭的涼亭還有一個出口。」

「查理斯爵士走到那裡沒有？」

「沒有，他躺下的地方距離那裡大約有五十碼。」

「現在，莫蒂默醫生，請告訴我——這一點很重要——你看到的腳印是在小路上而不是在草地上吧？」

「草地上無法看到任何痕跡。」

「是在小路靠近開向沼地的柵門那一面嗎？」

「是的，是在和柵門同一側的路邊上。」

「您的話讓我非常感興趣。還有一點，柵門是關著的嗎？」

「關著，而且上了鎖。」

「門有多高？」

「四英尺左右。」

「那麼說，任何人都能爬過來了？」

「是的。」

「那麼您有在柵門上看到什麼痕跡嗎？」

「沒有什麼特別的痕跡。」

「怪了！沒有人檢查過嗎？」

「檢查過，是我親自檢查的。」

「什麼也沒有發現嗎？」

「簡直令人大感不解；顯然查理斯爵士曾在那裡站五到十分鐘的樣子。」

「您是怎麼知道的呢？」

「因爲地上有兩處他雪茄掉落的菸灰。」

「妙極了，華生，簡直是個同行，思路和咱們一樣。可是腳印呢？」

「在那一小片沙礫地面上到處都是他的腳印；我看不出有別人的腳印。」

福爾摩斯帶著不耐煩的神情用手拍打著膝蓋。

「要是我在那裡就好了！」他喊道，「這顯然是一個極有意思的案件，爲犯罪學專家提供了研究的大好機會。我本來可以在那片沙礫地面上看出不少線索來的；而現在那些痕跡一定已經被雨水和愛看熱鬧的農夫木鞋毀壞得一塌糊塗了。啊！莫蒂默醫生，莫蒂默醫生啊，當時您爲什麼不叫我去呢！說眞的，您該對這件事負責。」

「福爾摩斯先生，我既無法請您去，而又不把這些眞相公諸於世，而且我也已經說明不願這樣做的原因了。另外，另外——」

「您爲什麼猶豫不說呢？」

「有些問題，即使是最精明老練的偵探也無能爲力的。」

「您是說，這是一件超自然的事情嗎？」

「我並沒有這樣說。」

「您是沒有這樣說。但是，顯然您就是這樣想的。」

「福爾摩斯先生，自從這件悲劇發生後，又有一些很難與自然法則相符的事情傳到了我的耳裡。」

「比如說？」

「我發現在這件可怕的事情發生之前，就有不少人曾在沼地裡看到過跟傳說中的巴斯克維爾怪物形狀相似的動物，而且絕非任何科學界已知的獸類。目擊者異口同聲地形容牠是一隻大傢伙，眼睛發著光，像一個猙獰的魔鬼，又像一具幽靈。我曾盤問過那些人；其中有一個是老實本分的鄉下人，一個是馬掌鐵匠，還有一個是沼地裡的農戶；關於這個可怕的幽靈他們都說了相同的故事，完全和傳說中猙獰可怕的大獵犬相符。您可以相信，整個地區都被恐懼所籠罩，誰敢在夜晚走過沼地，眞可以算是大膽的人了。」

「難道您——一個有著科學素養的人，也會相信這是超自然的怪異事件嗎？」

「我也不知道應該相信什麼。」

福爾摩斯聳了聳肩。

「至今爲止，我調查工作的範圍還僅限於人世，」他說，「我只與罪惡做過一些有限的鬥爭。但是，要直接面對萬惡之神，也許就不是我能力所及的了。但是無論如何，您得承認，腳印是實實在在的吧。」

「這隻古怪的獵犬大得足以撕碎人的喉嚨了，可是牠又確實像是魔鬼。」

「我看得出來，您已經快站到超自然論者一邊了。可是，莫蒂默醫生，現在請您告訴我，您既然持有這種看法，爲什麼還來找我呢？您以同樣的口氣對我說，對查理斯爵士的死亡進行調查是毫無用處的，而您卻又希望我去調查。」

「我並沒有說過我希望您去調查啊。」

「那麼，我怎樣才能幫助您呢？」

「希望您能告訴我，對於即將抵達滑鐵盧車站的亨利・巴斯克維爾爵士應該怎麼辦呢？」莫蒂默醫生看了看他的錶，「差不多還有一個小時十五分他就要到了。」

「他就是繼承人嗎？」

「是，查理斯爵士死後，我們對這位年輕的紳士進行了調查，才發現他一直在加拿大務農。從我們瞭解到的情況看來，不論從哪方面來說他都算是個很好的人。我現在不是作爲一個醫生，而是作爲查理斯爵士遺囑的受託人和執行人說這番話的。」

「我想沒有其他申請繼承遺產的人了吧？」

「沒有了。在他的親屬之中，我們唯一能夠追溯到的另一個人就是羅傑・巴斯克維爾了。他是巴斯克維爾家三兄弟中最年輕的一個。而查理斯爵士是老大，年輕時就死了的老二就是亨利的父親。老三羅傑是家中的壞種，他和那專橫的老巴斯克維爾堪稱一脈相傳；據他們說，他長得和家中老雨果的畫像一模一樣。他在英格蘭鬧得站不住腳，就逃到了中美洲，一八七六年生黃熱病死在那裡。亨利是巴斯克維爾家最後僅存的子嗣。再過一小時零五分鐘，我就要在滑鐵盧車站見到他了。我收到一份電報，說他已於今天早晨抵達南安普敦。福爾摩斯先生，現在您覺得我該拿他怎麼辦呢？」

「爲什麼不讓他到他祖輩們世代居住的莊園裡去呢？」

「看上去似乎順理成章，不是嗎？可是請想想看，每個巴斯克維爾家的人到那裡去，就會遭到可怕的厄運。我確信，如果查理斯爵士在臨終前還來得及和我說話的話，他一定會警告我，不要把這古老家族的最後一人和大筆財富的繼承者帶到這個致命的地方來。然而，不可否認的是，整個貧困、荒涼鄉區的繁榮幸福都繫於他的來臨了。如果莊園裡沒有個主人，查理斯爵士所做過的一切善行就會煙消雲散。因爲我個人對此事關係甚爲密切，我擔心自己的看法會影響到對此事的正確決定，所以才將這案件帶到您這裡，想徵求您的意見。」

福爾摩斯考慮了一會兒。

「簡單說來，事情是這樣的，」他說，「您的意見是說，冥冥中有一種魔鬼般的力量，使達特沼地變成了巴斯克維爾家族居處的不安之所——這就是您的意見嗎？」

「至少我可以說，有些跡象顯示可能是這樣的。」

「好。我敢肯定地說，如果您那神怪的說法是正確的話，那麼，牠要想加害這個青年，在倫敦就會和在德文郡一樣易如反掌。一個魔鬼，竟會像教區禮拜堂似的，只在當地施展權威，那簡直太難以想像了。」

「福爾摩斯先生，您的結論未免太過於輕率了。如果您親自接觸到這些事情，也許您就不會這樣看了。據我的理解，您的意見是：這位年輕人在德文郡會和在倫敦同樣安全。他在五十分鐘內就要到了，您說該怎麼辦呢？」

「先生，我建議您坐上一輛出租馬車，叫走您那隻正在抓咬我前門的長耳獵犬，趕到滑鐵盧去接亨利・巴斯克維爾爵士。」

「然後呢？」

「然後，在我對此事做出決定之前，什麼也不要告訴他。」

「您要用多長時間才能做出決定呢？」

「二十四小時。如果您能在明天十點鐘到這裡來找我的話，莫蒂默醫生，那我將感謝不盡；而且如果您能帶亨利．巴斯克維爾爵士一起來的話，那就會更有助於我做出未來的計畫了。」

「我會照您說的去做的，福爾摩斯先生。」他把這約會用鉛筆寫在袖口上，然後就帶著他那怪異的、目不斜視和心不在焉的樣子匆匆忙忙地離開了。

當他走到樓梯口時，福爾摩斯又把他叫住。

「莫蒂默醫生，再問您最後一個問題，您說在查理斯．巴斯克維爾爵士死前，曾有幾個人在沼地裡看見過這個鬼怪？」

「有三個人看見過。」

「那麼事件發生後，又有人看見過嗎？」

「這我還沒有聽說。」

「謝謝您，再見。」

福爾摩斯帶著安靜、滿足的神情回到他的座位上，這表示他已找到合乎胃口的工作了。

「要出去嗎，華生？」

「是啊，除非你要我幫你做點什麼。」

「不，我親愛的夥伴，只有在採取行動的時候，我才會求助於你。從某些觀點看來，這件事眞是絕妙、特別。在你路過布萊德利的商店時，請你叫他們送一磅最烈的板菸來好嗎？謝謝你。如果沒什麼不方便的話，請不要在天黑前回來，我很想在這段時間裡，把早上獲得與這起極爲有趣的案件有關的種種印象比較一下。」

我知道，這種與外界隔絕、閉門獨處對我的朋友來說是極爲必要的。在這幾個小時內，他要高度集中精神，權衡點滴證據，做出不同的假設，把它們互相比對，最終確定出哪幾點是至關重要的關鍵。因此我就把這一天的時間全部消磨在俱樂部裡了，黃昏前一直沒有回到貝克街去。當我重新坐在起居室裡的時候，已經是將近晚上九點鐘了。

我打開門，第一個感覺是這裡好像遭遇過一場大火似的，因爲滿屋煙霧繚繞，連桌上臺燈的燈光都看不清了。走進去以後，我總算放下了心，因爲濃烈的粗板菸氣味直衝我的鼻子，嗆得我咳了起來。透過煙霧，我模模糊糊地看到福爾摩斯穿著睡衣的身影蜷臥在扶手椅中，嘴上銜著黑色的陶製菸斗，周圍散落著一卷一卷的紙。

「著涼了嗎，華生？」他說。

「沒有，是這有毒的空氣害的。」

「啊，你提醒了我，我想菸味確實是夠濃的。」

「濃得簡直無法忍受。」

「那麼，就打開窗子吧！我猜，你整天都待在俱樂部裡吧？」

「我親愛的福爾摩斯！」

「我說得對嗎？」

「當然了，可是怎麼——」

他被我那茫然不解的神情逗得大笑起來。

「華生，你那一副輕鬆愉快的神情，實在讓我很想耍點兒小把戲尋你開心。一位紳士在泥濘的雨天出門；晚上回來的時候，身上卻乾乾淨淨，帽子和皮鞋依然泛著亮光，他一定是整天待在某個地方。他又不是一個有什麼親近朋友的人，如此說來，他還會到哪兒去呢？這不是很明顯的答案嗎？」

「嗯，是相當明顯。」

「這世上多的是沒有人看得出來卻明擺著的事。你覺得我今天去過什麼地方呢？」

「待在這裡都沒動？」

「正相反，我到德文郡去過了。」

「是『靈魂』去了吧？」

「正是，我的肉體一直是坐在這把扶手椅裡，『靈魂』卻已遠遠飛走了。遺憾的是，我發現我竟然在我『不在』的這段時間喝掉了兩大壺咖啡，抽掉了多得令人難以置信的菸草。在你走了以後，我派人去斯坦弗警局取來了繪有沼地這片地區的軍用地圖，我的『靈魂』就在這張地圖上轉了一天。我自信已經對那個地區的道路瞭若指掌了。」

「我想該是一張很詳細的地圖吧？」

「非常詳細。」他把地圖打開一部分放在膝蓋上。「這就是與我們特別有關係的地區。中間的地方就是巴斯克維爾莊園。」

「周圍是被樹林圍繞著的嗎？」

「是的。雖然地圖上沒有特別註明，我想那條水松夾道一定是沿著這條路線伸展下去的；而沼地呢，正如你看到的，是在它的右側。這一小堆房子就是格林盆村，咱們的朋友莫蒂默醫生的

住宅就在這裡。在方圓五英里的範圍內，你看得到，只有零星幾座散佈的房屋。這裡就是那篇報導裡提到過的賴福特莊園。這裡標註著一座房屋，可能就是那位生物學家的住宅；如果我沒有記錯的話，他姓斯特普爾頓。沼地裡還有兩家農舍，高陶家和弗麥爾家。十四英里以外就是王子鎮的大監獄。在這些分散的各點之間和周圍延伸著的是大片荒涼淒清、曠無人跡的沼地。這裡就是曾經演出悲劇的舞臺，也許靠我們的幫助，還會有好戲在這裡上演呢！」

「眞是一片荒涼的地方。」

「是啊，如果魔鬼眞想插手人世間的事情的話，這附近的環境眞是太合適了。」

「這麼說，你自己也傾向於超自然的解釋了。」

「也許魔鬼的代理人也是有血有肉的呢，難道不會嗎？咱們面臨著兩個問題：一個是究竟有沒有什麼罪行發生過，另一個是，究竟是什麼樣的罪行，以及這罪行是怎樣進行的？當然，如果莫蒂默醫生的疑慮是正確的話，我們就要和超乎一般自然法則的勢力打交道了；那樣我們的調查也就算是到了頭。但我們在回到這條路上之前，還是先嘗試著把其他各種假設一一推翻再說吧。如果你不反對的話，我想我們最好還是把那窗戶關上。很奇怪，我總覺得濃厚的空氣能使人的思想集中。雖然我還沒有到必須鑽進箱子裡才能思考的地步，可是我相信，如果再繼續發展下去的話，我恐怕總有一天非得那樣做才成呢。你在心裡仔細思考過這件案子嗎？」

「是的，白天的時候我想得很多。」

「你有什麼看法？」

「這是一宗極爲錯綜複雜的案件。」

「這案件的確有幾分特色。它有幾個引人注目的地方。比如說，那足跡的變化，對此你有什麼看法？」

「莫蒂默說過，那人在那一段夾道上是用足尖走路的。」

「他不過是重複了一個傻瓜在驗屍時說過的話。一個人幹嘛要沿著夾道用足尖走路呢？」

「那麼，該怎樣解釋呢？」

「他是在跑，華生——拼命地跑，他在逃命，一直跑到心臟破裂，臉朝下栽在地上死去爲止。」

「他是爲了逃避什麼才跑的呢？」

「咱們的問題就在這裡。種種跡象表明，這人在開始奔跑之前就已經嚇得發瘋了。」

「你爲什麼會這樣說呢？」

「據我猜測引起他恐懼的原因是來自沼地。如果眞是這樣的話——看上去十有八九是這樣——只有一個被嚇得魂飛魄散的人，才會不朝房子而向相反的方向奔跑。如果那吉卜賽人的證詞可以相信的話，他就是一邊跑一邊呼喊救命，而他奔跑的方向正是最不可能得到救助的方向。另外，還有一個疑問，當晚他在等誰呢？爲什麼他要在水松夾道而不是自己的房子裡等人呢？」

「你認為他是在等人嗎？」

「那人年歲已高而且身體虛弱，我們可以理解他會在傍晚時散散步；可是地面那麼潮濕，而夜裡又那麼冷。莫蒂默醫生的敏銳感確實值得我對他大加讚賞，他根據雪茄菸灰得出結論，說明死者竟在那裡站了五到十分鐘的時間，難道這正常嗎？」

「可是他每天晚上都出去啊！」

「我認為這不等於他每天晚上都會在通往沼地的門前佇立等待。相反，有證據能說明他平常是躲著沼地的。而那天晚上他卻站在那裡等待，也就是他要出發到倫敦去的前一個晚上。事情已經初見端倪了，華生，已經變得前後相符了。麻煩你把我的小提琴遞給我好嗎，讓我們把關於這件事的進一步看法留待明天早晨和莫蒂默醫生以及亨利·巴斯克維爾爵士見面時再說吧。」

第4章 亨利·巴斯克維爾爵士

我們的早餐桌很早就收拾乾淨了，福爾摩斯穿著睡衣等候著約定的拜會。我們的委託人莫蒂默醫生很守時，座鐘剛剛敲響十點就到了，後面跟著年輕的準男爵；是個短小精悍、有著一雙黑眼珠的人，年紀大約三十歲左右，身材健壯，眉毛濃重，還有一副看上去堅強而好鬥的面孔。他穿著淡紅色的蘇格蘭套裝，外表一望可知是個久經風霜、把大部分時間都花費在戶外活動方面的人，然而從他那沉著的眼神和寧靜的態度中，仍然顯現出一個紳士的風度。

「這就是亨利·巴斯克維爾爵士。」莫蒂默醫生說。

「噢，是的，」亨利爵士說，「奇怪的是，夏洛克·福爾摩斯先生，即使我的這位朋友不建議我今天早晨來找您，我自己也會來的。我知道您是善於研究小問題的。今天早晨，我就遇到了這麼一件令我百思不得其解的事。」

「請坐吧，亨利爵士。您是說您一到倫敦就遇到了一些奇特的事嗎？」

「也不是什麼重要的事，福爾摩斯先生，多半是個惡作劇。這是我今天早晨收到的一封信，如果您能把它稱爲信的話。」

他把一個信封放到桌子上，我們都探過身去看。信封是灰色的，紙質也很平常。收信方寫的是「**諾森伯蘭旅館亨利．巴斯克維爾爵士**」，字跡相當潦草，郵戳是「**查林十字街**」，發信時間是昨天傍晚。

「有誰知道您要到諾森伯蘭旅館去呢？」福爾摩斯用敏銳的目光注視著我們的訪客問道。

「誰也不可能知道啊。這是在我和莫蒂默醫生相見以後，我們才決定的。」

「但是，莫蒂默醫生無疑已經住在那裡了吧？」

「不，我之前一直是和朋友住在一起，」醫生說，「我們從沒有表示過要去這家旅館。」

「嗯，好像有人對你們的行蹤極爲關心呢。」福爾摩斯說著，由信封裡抽出一頁疊成四折的半張大開的信紙。他把這張信紙打開，平鋪在桌上。中間有一行用鉛字拼貼成的句子，寫著：

如果你珍視你的生命價值或還有理性的話，從此遠離沼地。

只有「沼地」兩字是用墨水寫上去的。

「現在，」亨利・巴斯克維爾爵士說，「福爾摩斯先生，也許您能夠告訴我，這究竟是什麼意思，又究竟是誰，對我的事這樣感興趣呢？」

「您對這件事怎麼看，莫蒂默醫生？無論如何，您得承認這封信總沒有什麼神怪成分了吧？」

「是沒有，先生。但是很有可能，是個相信整件事帶有神怪性質的人寄出了這封信。」

「怎麼回事啊？」亨利爵士急促地問道，「我覺得似乎你們二位對我的事比我自己知道的還要多得多。」

「亨利爵士，我保證，在您離開這間屋子之前，您就會知道我們所知道的情況了。」福爾摩斯說道，「目前還是請您允許我們只談眼前這封有趣的信吧。它一定是昨天傍晚拚湊成寄出的。有昨天的《泰晤士報》嗎，華生？」

「在那個牆角放著呢。」

「麻煩你拿給我可以嗎？翻開裡面的一版，勞駕，專登評論的那一面。」他迅速地上下流覽了一遍，目光從各個欄目上一掃而過。「這篇重要的評論談的是自由貿易，請允許我爲你們讀一讀其中的這一段。

可能你還會被花言巧語哄騙，珍視保護稅法對你的本行買賣或是產業具有的鼓勵作用，但如果從理性出發，長遠來看的話，此種立法定會使國家從此遠離富足，減少進口總價值，進而降低此島國之一般生活水平。

「華生，你對這事怎麼想？」福爾摩斯很興奮地叫了起來，滿意地搓著手，「你不認爲這是一種很可欽佩的直覺嗎？」

莫蒂默醫生用一種帶著職業興趣的眼光打量著福爾摩斯，而亨利．巴斯克維爾爵士則將一對茫然的眼睛盯住了我。

「我不大懂得稅法這一類的事情，」亨利爵士說道，「但我似乎覺得，就這封短信來說，我們已經有點離題了。」

「正相反，我認爲我們恰好在正題上，亨利爵士。華生對我所採用的方法比您知道得要多，但恐怕就連他也不見得能很準確地抓住這個句子的意義。」

「是的，我承認看不出兩者之間有什麼聯繫。」

「可是，親愛的華生啊，兩者之間的聯繫是如此的緊密，短信中的各個單字都是由這個長句中抽出來

的。『你』、『你的』、『生命（生活）』、『理性』、『價值』、『遠離』、『從此』，等等等等，你現在還看不出來這些字是從哪裡弄來的嗎？」

「天那！您是對的！唉呀，您可眞聰明！」亨利爵士喊了起來。

「如果對此還有任何懷疑之處的話，『遠離』和『從此』這幾個字是由同一處剪下來的，這個事實就足以消除懷疑了。」

「嗯，一點也不錯！」

「眞是的，福爾摩斯先生，這簡直太不可思議了，」莫蒂默醫生驚異地盯著我的朋友說，「如果有人說這些字是從報紙上剪下來的，我能夠理解，可是您竟能指出是哪份報紙，還說出自哪一篇重要的社論，這可是我所聽過最匪夷所思的事了。您是怎麼做到的呢？」

「我想，醫生，您能說出一個黑人和一個愛斯基摩人頭骨的區別吧？」

「當然。」

「但是，怎樣區別呢？」

「因爲那是我的特殊嗜好，那些區別是很明顯的。眉骨的隆起，面部的斜度，顎骨的線條，還有……」

「而這也是我的癖好啊，那差異也是同樣的明顯，就像黑人和愛斯基摩人在您眼中的差別一樣。在我眼裡，《泰晤士報》裡所用的小五號鉛字和半個便士一份的晚報所用的字體，其拙劣的鉛字之間，也同樣具有著很大的區別。分辨報紙所用的鉛字，對犯罪學專家說來，是最基本的常識之一。不過，坦白說，在我還年輕的時候，也曾經把《里茲水銀報》和《西方晨報》搞混過。但是《泰晤士報》評論欄所採用的字型是非常特殊的，不可能被誤認為是其他的報紙。因為這封信是昨天貼成的，所以很可能在昨天的報紙裡就能找到這些文字。」

「我明白了，那麼說，福爾摩斯先生，」亨利・巴斯克維爾爵士說道，「有人用剪刀剪成這封短信……」

「是剪指甲的剪刀，」福爾摩斯說，「您可以看得出來，那把剪子的刀口很短，因為用剪子的人在剪下『遠離』這個詞的時候不得不剪兩下。」

「正是這樣。那麼就是說，那人用把短剪刀剪下這封短信的字，然後用漿糊貼了上去……」

「是膠水。」福爾摩斯說。

「——是用膠水貼在紙上的。可是我想知道，為什麼『沼地』這個詞是手寫的呢？」

「因為他在報紙上找不到這個詞。其他字都很常見，在任何一份報紙裡都能找得到，可是『沼地』這個詞就不怎麼常用了。」

「啊，真是的，這樣就解釋清楚了。您還從這封短信裡看出什麼東西嗎，福爾摩斯先生？」

「還有一兩個跡象是可供研究的。他為了消滅所有的線索，確實費了不少心思呢。這住址，您看得出來，是用很潦草的筆跡寫上去的。可是《泰晤士報》並非人手一份的大眾報紙，除了受過很高教育的人之外，是很少有人看它的。因此，我們可以假定，這封信是個受過相當教育的人寫的，但是他卻希望我們把他當作一個沒有受過教育的人。從他盡力掩飾自己的筆跡這一點看來，似乎他的筆跡有可能會被您認出來，或者有可能被您看到。還有，您可以看得出來，那些字不是貼成一條直線的，有些貼得比其他字高很多。比如『生命』這個詞，就未免離它應該在的位置遠了點。這一點可能說明剪貼人的粗心、激動或是慌張。總體來看，我比較傾向於後一種想法，因爲這件事對這封信的編纂者來說顯然是相當重要的，不大可能會粗心大意。如果他是慌張的話，就引出了一個值得注意的新問題：他爲什麼要慌張？因爲清早寄出的任何信件，在亨利爵士離開旅館之前都會送到他手裡的。寫信的人是怕被人撞見嗎——可是怕誰呢？」

「我們現在簡直是在胡亂猜測起來了。」莫蒂默醫生說。

「嗯，不如說是在比較各種可能性，然後將其中與事實最接近的選擇出來；這就是科學地運用想像力，當然，可靠的事實依據永遠是我們進行思考的出發點。現在，還有一點，您無疑又會把它稱爲胡亂猜測，可是我幾乎可以肯定，這信上的位址是在一家旅館裡寫的。」

「您根據什麼這樣說呢？」

「如果您仔細地檢查一下，就會看到，筆尖和墨水都曾給寫信的人添過不少麻煩。在寫一個字的當下，筆尖就有兩次勾住了紙面，濺出了墨水。在寫這樣短短的一個位置中間，墨水就乾了三次，這說明瓶中的墨水已經很少了。想想吧，私人的鋼筆和墨水瓶是很少會這樣的，更甭說這兩種情況竟會同時出現了，但您知道，旅館房間裡的鋼筆和墨水卻大多都是這樣。是的，我可以毫不猶豫地說，如果咱們能到查林十字街附近的各旅館去檢查一下字紙簍，只要一找到評論被剪破的那份《泰晤士報》剩下的部分，我們馬上就能追查到發出這封怪信的人了。等一下，等一下，這是什麼？」

他把貼著字的那張信紙拿到離眼睛只有一、二英寸的地方仔細地檢查著。

「啊？」

「沒什麼，」他說著把信紙扔在一邊，「這是半張空白信紙，上邊連個浮水印都沒有。我想，咱們從這封奇異的信上也就能夠得到這麼多了。啊，對了，亨利爵士，自從您來到倫敦後，還發生過什麼值得注意的事情嗎？」

「嗯，沒有，福爾摩斯先生。我想還沒有。」

「您還沒有看到過有人尾隨你，或是特別留意你的一舉一動嗎？」

「我好像是走進了一本情節離奇驚險的小說裡，」我們的客人說，「跟蹤我幹什麼？」

「我們就要談到這個問題了。在我們談這問題之前，您再也沒有什麼可告訴我們的了嗎？」

「噢，這要看你們認爲什麼事情是值得講的了。」

「我想日常生活裡任何反常的事情都值得講出來。」

亨利爵士微笑起來。

「對於英國人的生活，我知道得還不多，因爲我幾乎全部的時間都是在美國和加拿大度過的。可是我想失落一只皮鞋並不是這裡日常生活的一部分吧？」

「您丟了一只皮鞋嗎？」

「我親愛的爵士，」莫蒂默醫生叫了起來，「那不過是放錯地方罷了。您回到旅館以後就會找到的。拿這種小事來麻煩福爾摩斯先生有什麼用呢？」

「唉，是他問我除了日常生活之外還發生過什麼事情啊。」

「對，」福爾摩斯說，「不管這件事看起來是多麼的荒謬。您是說您丟了一只皮鞋嗎？」

「唉，大概是放錯地方了。昨晚我把兩只鞋都放在房門外，可是今天早上就剩下一只了。我從那個替我擦皮鞋的傢伙嘴裡也沒問出個所以然來。最糟糕的是，這雙高筒皮鞋是我昨晚剛剛由河濱路買來的，還沒有穿過呢。」

「如果您還沒有穿過，爲什麼您要把它放在外面去擦呢？」

「那是雙淺棕色的高筒皮鞋，還沒有上過油呢，所以我就把它放在外邊了。」

「照這麼說，昨天您一到倫敦，馬上就去買了一雙高筒皮鞋？」

「我買了好多東西呢，莫蒂默醫生陪著我到處轉。您知道，既然我們要到那裡去做個鄉紳，我就應該穿著當地樣式的服裝，也許我在美國西部所習慣的生活方式使我顯得有些放蕩不羈了呢。除了其他東西以外，我買了那雙棕色高筒皮鞋——花了六塊錢——可是還沒有穿上腳，就被偷去了一只。」

「如果不成對，這東西就沒有什麼用處，」福爾摩斯說道，「我承認我和莫蒂默醫生的想法相同，那只丟了的皮鞋用不了多久就會找到的。」

「那麼，先生們，」準男爵帶著堅決的口氣說，「我想我已經把我所知道的全都說了。現在，該是你們兌現諾言的時候了，把所有的事情原原本本告訴我吧。」

「你的要求很合理，」福爾摩斯回答道，「莫蒂默醫生，我想最好還是請您像昨天向我們講的那樣，把您知道的全部事實再講一遍吧。」

受到這樣的鼓勵後，我們這位從事科學事業的朋友便從口袋裡拿出他那份手稿，像昨天早晨那樣，把整個案情闡述一遍。亨利．巴斯克維爾爵士全神貫注地傾聽著，偶爾發出一兩聲驚嘆。

「這麼說，我似乎是繼承了一份附有詛咒的遺產，」在冗長的闡述結束之後，他說，「當然，我從很小的時候就聽過關於這隻獵犬的事，這是我們家最喜歡說的故事了，可是我從來沒把牠當一回事。說起來，我伯父的去世——啊，想起這件事就使我情緒不安，至今我還沒搞懂呢。看來你們似乎也還沒有十分的把握，確定這究竟是一件該警員管的案子，還是該牧師管的事？」

「完全正確。」

「現在又出現了這封寄到我旅館的信。我想這絕不是偶然的巧合。」

「這似乎說明，在沼地上所發生的事，有人知道得比我們還多。」莫蒂默醫生說。

「還有一點，」福爾摩斯說道，「那個人對您並無惡意，因爲他只是想警告您提防危險。」

「也許是出自他們個人的目的，他們想把我嚇跑。」

「啊，當然，那也是可能的。我非常感激您，莫蒂默醫生，因爲您提供了我幾種有趣的可能性的問題。可是，眼前有一個很現實的問題必須加以確定，亨利爵士，就是究竟您是去巴斯克維爾莊園好呢？還是不去的好。」

「爲什麼不去？」

「那裡似乎有危險。」

「您所說的危險，是來自困擾我家族的那個惡魔呢，還是來自於某個人？」

「啊，這正是我們想要弄清楚的事。」

「不管牠是什麼，我的答覆是肯定的。地獄裡並沒有魔鬼，福爾摩斯先生，而且世界上也沒有人能阻擋我回到我的家鄉去。您可以把這句話當作我的最後答覆。」他說話的時候，他那濃濃的眉毛聚在一起，面孔也漲紅起來。顯然，巴斯克維爾家人的暴躁脾氣，在他們這位碩果僅存的後裔身上，還沒有完全消失。「同時，」他接著說，「對於你們所告訴我的事實，我還沒有時間加以思考。這是件大事，很難僅透過一次聚談就能使我完全理解並做出決定，我希望能獨自待上幾個小時，經過冷靜思考後再作決定。福爾摩斯先生，現在已是十一點半鐘了，我要馬上回我的旅館去。您和您的朋友華生醫生在兩點鐘左右來和我們共進午餐怎麼樣？那時，我就能更清楚地告訴你們，這件事是多麼使我震驚了。」

「華生，你有什麼問題嗎？」

「沒有問題。」

「那麼您就等著我們吧。我爲您叫一輛馬車好嗎？」

「我倒寧願走一走，這件事確實使我相當激動。」

「我很高興陪您一起散散步，平靜一下情緒。」他的同伴說。

「那麼，我們兩點鐘再見吧。再見！」

我們聽到了兩位客人下樓的腳步聲和砰地關上前門的聲音。突然間，福爾摩斯由一個懶散半醒的人變成了個行動敏捷的人。

「穿上你的鞋帽，華生，快！一點時間都不能耽擱！」他穿著睡衣衝進屋內，幾秒鐘以後就已穿好出來了。我們急急忙忙地一同走下樓梯來到街上。在我們前面，向著牛津街的那個方向大約相距二百碼的地方，還看得到莫蒂默醫生和巴斯克維爾爵士。

「要不要我跑過去把他們叫住？」

「天哪！千萬別這樣，我親愛的華生。你能陪著我，我已感到很滿足了，我們的朋友確實聰明，這是一個非常適於散步的清晨。」

他加快了腳步，直到我們和他倆之間的距離縮短到一半。然後就跟在他們後面，保持著一百碼左右的距離，我們跟隨著他們走上了牛津街，又轉到攝政街。有一次我們的兩位朋友停下腳步向一家商店的櫥窗裡張望，福爾摩斯也同樣望著櫥窗。過了一會兒，他興奮地發出一聲低喊，順著他那急切的眼神，我看到一輛雙輪馬車，裡面坐著一個男人，馬車本來停在街道的對面，現在又慢慢前進了。

「那就是我們要找的人，華生，來呀！即便做不了什麼，至少也該將他看清楚。」

一瞬間，我看到了一張有著一副濃密的黑鬚和一雙咄咄逼人眼睛的面孔，在馬車的側窗中向我們轉過頭來。突然間，車頂的滑動窗打開了，他向馬車夫喊了些什麼，然後馬車就順著攝政街瘋狂地飛奔而去。福爾摩斯焦急地四下張望，想找一輛馬車，可是一輛空車也沒有。跟著他就衝了出去，在車馬的洪流裡瘋狂地追趕著，可是那馬車跑得太快了，轉眼就從我們的視線中消失了。

「唉，」福爾摩斯喘著氣，臉色發白，由車水馬龍中鑽了出來，惱怒地說道，「咱們可曾有過這樣壞的運氣和這麼糟糕的事嗎？華生，如果你是個誠實的人，你就應該把這事也記下來，作爲我無往不利的反證吧。」

「那人是誰呀？」

「我也想不出來。」

「是個密探？」

「哼，根據咱們所聽到的情況來判斷，顯然是由巴斯克維爾來到城裡以後，就被人緊緊地盯上了。否則怎麼能那麼快就被人知道了他住在諾森伯蘭旅館呢？如果頭天他們就盯上了他，我敢說，第二天還是得要盯的。可能你已經覺察出來了，當莫蒂默醫生在闡述那件傳說的時候，我曾經兩次走到窗前去。」

「是的，我記得。」

「我是在尋找街上假裝閒逛的人，可是一個也沒看到，咱們要面對的是個聰明人啊，華生。這件事眞的很微妙呢，雖然我還不能肯定對方是善意還是惡意，但是我覺得他是個有能力、有智謀的人。在我們與朋友告別之後，我立刻尾隨著他們，就是想發現暗中跟隨他們的人。他可眞狡猾，連走路都認爲不夠可靠，他爲自己準備了一輛馬車，這樣他既可以跟在他們後邊慢慢溜達，又可以衝到他們前邊，以免引起他們的注意。他這一手還有個特別的好處，如果他們坐上一輛馬車，他仍然可以馬上尾隨他們。但是，這樣做也有一個明顯的缺點。」

「這樣他就要把主動權交到馬車夫的手裡了。」

「完全正確。」

「可惜我們沒有記下車號。」

「親愛的華生，就算我剛才的表現顯得很笨拙，你也不至於眞的會認爲我連號碼都忘了記下來吧？NO·2704，這就是我們要找的車號。但是，眼下它對我們還沒有用處。」

「我看不出在當時那種情況下，你還能怎樣做得更好。」

「一看到那輛馬車，我就應該馬上轉身往回走。然後我應當不慌不忙地雇上另一輛馬車，保持一定距離跟在那輛馬車的後面，或者，直接驅車趕到諾森伯蘭旅館去等也比現在好很多。當我們所不知道的那個人，跟著巴斯克維爾回家的時候，我們就可以以同樣的方法盯上他，看他到什麼地方去。可是當時，由於我一時的疏忽急躁，使得咱們的對手採取極爲狡猾的行動並且搶得了先機，使我們暴露了自己，又失去了目標。」

我們一邊交談一邊順著攝政街而行，在我們前面的莫蒂默醫生和他的夥伴早就不見蹤影了。

「現在再跟著他們也沒什麼意義了，」福爾摩斯說，「盯梢的目標走了就不會再回來。我們必須考慮一下，手裡還剩下哪幾張牌，接著再果斷地把它打出去。你能認出車中人的面貌嗎？」

「我只能認出他的鬍子。」

「我也是——所以我估計那很可能是一副假鬍鬚。對於一個做事如此精細的聰明人來說，一副鬍子除了能掩飾他的相貌外，沒有什麼別的用處。進來吧，華生！」

他走進了一家社區傭工介紹所，在那裡受到經理的熱情歡迎。

「啊，威爾遜，我看你還沒有忘記我曾幫過你的那樁小案子吧？」

「沒有，先生，我當然不會忘。您挽救了我的名譽，也許還救了我的性命呢。」

「我親愛的朋友，你誇大其詞了。威爾遜，我記得你手下有一個叫卡特萊的孩子，在那次調查中顯示過一些才幹。」

「是的，先生，他還在我們這裡呢。」

「可以把他叫出來嗎？謝謝你！再麻煩你幫我把這張五鎊的鈔票換成零錢。」

一個大約十四歲的、容光煥發而相貌機靈的孩子，聽從經理的召喚出來了。他站在那裡，以極其尊敬的神情注視著這位著名的偵探。

「把那本旅館指南遞給我，」福爾摩斯說道，「謝謝！來，卡特萊，這裡有二十三家旅館的名稱，全都在查林十字街附近。你看到了嗎？」

「看到了，先生。」

「你要一家一家地到這些旅館去。」

「是，先生。」

「你每到一家，就給看門人一個先令，這兒是二十三個先令。」

「是的，先生。」

「你告訴他們說，要看看昨天的廢報紙。就說你送錯了一份重要電報，正在尋找那份電報。明白了嗎？」

「明白了，先生。」

「可是你眞正要找的是一張被剪刀剪成一些小洞的《泰晤士報》內頁。這裡有一份《泰晤士報》，就是這一頁。你很容易能認出來，是嗎？」

「能，先生。」

「每一次，大門的看門人都會把前廳的服務員叫來問問，你也要給他一個先令。再給你二十三個先令。在二十三家旅館裡你可能發現大多數的廢紙昨天都已燒掉或被運走了，其中三、四家可能將一堆廢報紙指給你看，你就在那廢紙堆裡找這一張《泰晤士報》，但也很可能什麼都找不到。再給你十個先令以備急需。在傍晚前你要給貝克街我家裡發一個電報，報告查找的結果。現在，華生，只有一件事等著我們去做了，就是打電報查明那個馬車夫的下落，車號是ＮＯ．２７０４，然後到證券街找家美術館，消磨消磨到旅館赴約前的這段時間吧。」

第5章 — 三條斷了的線索

福爾摩斯有著卓越地控制個人感情的意志力，在接下來的兩個小時裡，他似乎已全然忘記了將我們糾纏其中的怪事。把全部注意力都集中在近代比利時大師們的繪畫作品上。從我們離開美術館到走到諾森伯蘭旅館爲止，他談話的主題始終沒有離開藝術，說實話，他對藝術的見解實在讓人不敢恭維。

「亨利・巴斯克維爾爵士正在樓上等著你們呢。」門房說道，「他讓我等你們一到就馬上帶你們上去。」

「我想看一看你們的旅客登記表，您不反對吧？」福爾摩斯說。

「一點也不。」

從登記表上可以看出，在巴斯克維爾之後又有兩批客人登記入住。一批是來自紐卡斯爾的西奧菲勒斯・約翰森一家；另一批是來自奧爾頓郡亥洛基鎮的歐摩太太和她的女傭人。

「這一定是我認識的那個約翰森吧，」福爾摩斯向門房說道，「是不是個律師，花白頭髮，走起路來腳有點跛。」

「不是的，先生，這位約翰森先生是個煤礦老闆，一個非常活躍的紳士，年紀不比您大。」

「您肯定沒把他的職業搞錯？」

「沒有，先生！他在我們這旅館已經住過很多年了，我們都很熟悉他。」

「啊，行了。還有歐摩太太，我似乎記得這個名字，請原諒我的好奇心，可是在拜訪一個朋友的時候往往會遇到另一個朋友。」

「她是一位久病纏身的太太，先生。她丈夫做過一任葛羅斯特市的市長。她進城時總是住到我們這裡。」

「謝謝您，我想我不認識她。」

「透過剛才這些問題我們已經確證了一個很重要的事實，華生，」在我們一起上樓時，他低聲對我說，「現在我們知道，那些對我們的朋友極感興趣的人，並沒有和他住在同一家旅館裡。這意味著，雖然他們像咱們所看到的那樣，非常急於進行監視，可是，同樣地，他們也非常擔心會被他看到。這很能說明並解釋這問題。」

「它能說明什麼問題呢？」

「它說明——天啊，親愛的朋友，這是怎麼了？」

當我們快走到樓梯頂端的時候，迎面遇上了亨利·巴斯克維爾爵士。他氣得滿臉漲紅，手裡提著一只看上去又舊又髒的高筒皮鞋。他氣得幾乎說不出話來，等到他能說話的時候，聲調也比早上高亢，西部口音也重得多了。

「這旅館的人太可惡了，竟敢把我當老頭兒似的耍著玩，」他放高聲音喊道，「讓他們小心點，不然他們就會知道，他們開玩笑找錯人了。眞是豈有此理！如果這回再找不到我丟的皮鞋，他們的麻煩就大了。我是最不怕開玩笑的，福爾摩斯先生，可是這回他們未免有點太過分了。」

「還在找您的皮鞋嗎？」

「是啊，先生，非找到不可。」

「可是您說過，您丟的是一只全新的棕色高筒皮鞋啊？」

「是啊，先生。可是現在又丟了一只舊的黑皮鞋。」

「什麼，您該不是說——」

「我正要說的是，我一共有三雙鞋——新的棕色的，舊的黑色的和我現在穿著的這雙漆皮皮鞋。昨晚他們拿走了我的一只棕色皮鞋，而今天又偷了我一只黑的——喂，你找到了沒有？說呀，喂，別光傻站在那兒瞪眼！」

一個驚慌不安的德國籍侍者跑上前來。

「沒有，先生。在旅館裡我到處都查問過了，可是什麼也沒有打聽到。」

「好吧，要不在日落之前把鞋給我找回來，我就去找老闆，告訴他我馬上離開這家旅館。」

「一定會找到的，先生，只要您稍微忍耐一下，我保證一定能夠找到。」

「但願如此，在這個賊窩裡我可不能再丟東西了——唉，福爾摩斯先生，請原諒我竟拿這種小事煩擾了您——」

「我倒認爲這是一件很值得注意的事呢。」

「啊，您把它看得過於認眞了吧？」

「您怎麼解釋這件事呢？」

「我根本就不想解釋它。在我身上發生過的事情裡，這要算是最可氣和最古怪的事情了。」

「最古怪的事情——也許吧。」福爾摩斯意味深長地說道。

「您對這件事有什麼看法？」

「啊，我不敢說我已經清楚明白。您的這件案子還眞是挺複雜的呢，亨利爵士。在把這件事與您伯父的死聯繫起來觀察後，我眞不敢說，在我經手辦理過的五百多件重要案子裡，是否有一件能像這回如此的曲折離奇。但我們手中已經掌握了幾條線索，料想其中必然會有一條能引導我們發現眞相。我們也許會在錯誤的道路上浪費些時間，但是遲早我們會回到正確的方向上來。」

我們愉快地共進了午餐，席間沒有人談起將我們拉在一起的那件事。只是飯後在起居室小憩的時候，福爾摩斯才問起巴斯克維爾的下一步打算。

「到巴斯克維爾莊園去。」

「什麼時候？」

「週末。」

「總而言之，」福爾摩斯說道，「我覺得您的決定還是明智的。我完全可以證明，您在倫敦已經被人盯上了，在這樣大的城市，上百萬的人海裡，很難弄清這些人是誰，或是他們懷有什麼目的。如果他們有惡意的話，就可能爲您造成不幸，我們恐怕也沒有能力阻止。莫蒂默醫生，您知道你們今早從我家出來之後，就被人跟蹤了嗎？」

莫蒂默醫生大吃一驚。

「被跟蹤了！被誰？」

「不幸得是，這正是我無法告訴您的事。在達特沼地，及您的鄰居和熟人之中，有沒有人留著又黑又長的鬍子？」

「沒有——嗯，讓我想想——啊，對了，巴瑞摩，查理斯爵士的管事，他留有連腮黑鬍子。」

「啊！巴瑞摩在什麼地方？」

「他總管那座巴斯克維爾莊園。」

「我們最好確認一下他是否眞在那裡，說不定他正在倫敦呢。」

「您怎麼能確認這一點呢？」

「給我一張電報紙。寫『是否已爲亨利爵士準備好了一切？』這樣就行了。發給巴斯克維爾莊園，巴瑞摩先生收。離莊園最近的電報局在哪裡？是格林盆嗎？好極了，我們再發一封電報給格林盆的郵政局長，就寫『發給巴瑞摩先生的電報務必交付本人。如本人不在，請回電通知諾森伯蘭旅館亨利・巴斯克維爾爵士。』這樣一來，傍晚以前我們就能知道巴瑞摩是否確實在他的工作崗位上了。」

「很好，」巴斯克維爾說道，「說起來，莫蒂默醫生，這個巴瑞摩究竟是個怎麼樣的人呢？」

「他是已故老管家的兒子，他們照看這所莊園至今已有四代了，據我所知，他和他的妻子在鄉間是很受人尊敬的一對夫婦。」

「同時，」巴斯克維爾說道，「很顯然，只要沒有我們家的人住在莊園裡，這些人就守著一間大屋子，什麼也不用做。」

「這倒是眞的。」

「巴瑞摩從查理斯爵士的遺囑裡得到什麼好處沒有？」福爾摩斯問道。

「他和他的妻子每人得到了五百鎊。」

「啊！他們以前是否知道將來會得到這筆錢呢？」

「知道，查理斯爵士是很喜歡談論他遺囑的內容。」

「這事很有意義。」

「我希望，」莫蒂默醫生說道，「您不要對每一個從查理斯爵士的遺囑裡得到好處的人都投以懷疑的眼光吧，他也留給了我一千鎊呢。」

「眞的嗎？還有誰得到了呢？」

「還有很多小額款項分給眾人，以及一大筆捐給公共慈善事業。其餘財產全歸亨利爵士。」

「餘產有多少呢？」

「七十四萬鎊。」

福爾摩斯驚訝地揚起了眉毛說：「我眞沒有想到竟有這麼一大筆數目。」

「查理斯爵士是以富有聞名的，可是在我們檢查他的證券投資之前，我們並不知道他究竟有多麼富有。全部財產總值將近一百萬鎊。」

「天啊！一個人見了這樣大的賭注，當然要孤注一擲拼他一場了。可是還有一個問題，莫蒂默醫生，假若咱們這位年輕的朋友發生了什麼不幸的話——請您原諒我這令人不快的假設——誰來繼承這筆財產呢？」

「因爲查理斯爵士的弟弟羅傑・巴斯克維爾沒結婚就死了，所以財產將傳給遠房的表兄弟戴斯蒙家族的人。詹姆斯・戴斯蒙是威斯特摩蘭地區的一位年長的牧師。」

「謝謝您，這些細節都是很值得注意的。您見過詹姆斯・戴斯蒙先生嗎？」

「見過，他曾經來拜訪過查理斯爵士。他是位莊重可敬的人，過著聖徒般的生活。我還記得，他拒絕從查理斯爵士那裡接受任何產業，雖然查理斯爵士曾強迫其接受。」

「這個一無嗜好的人竟要成爲查理斯爵士萬貫家財的繼承人嗎？」

「他將成爲產業的繼承人，因爲這是法律所規定的。他還將繼承錢財，除非現在的所有者另立遺囑——當然他有權任意處置。」

「亨利爵士，您立過遺囑了嗎？」

「沒有，福爾摩斯先生。我還沒來得及，因爲昨天我才知道事情的眞相。可是，無論在什麼情況下，我總覺得錢財不應該與爵位和產業分離。這是我那可憐的伯父的遺志。如果巴斯克維爾莊園的主人沒有足夠的財力維持產業的話，他怎麼能重振巴斯克維爾家的威望呢？房產、土地和錢財絕不能分開。」

「非常正確。啊，亨利爵士，在您認爲馬上毫不耽擱地趕到德文郡去的觀點上，我和您的看法完全一致。但有一個條件，您絕不能一個人去那裡。」

「莫蒂默醫生和我一起回去。」

「但是莫蒂默醫生有他自己的事要做，而且他家離您的家也有數里之遙，儘管他對您懷有天大的好意，恐怕也是愛莫能助。不行，亨利爵士，您必須另找一個可靠的人，一個能夠隨時隨地與您形影不離的人一起去。」

「您自己有可能去嗎，福爾摩斯先生？」

「如果事態發展到危機時刻，我一定義不容辭親自出馬，但是您能理解，我的業務是接待各方各面的諮詢和請求，這佔用了我大量的時間，讓我無限期地離開倫敦是不可能的。目前就有一位英格蘭最值得尊敬的人物，正在受人威脅和污蔑，而只有我才能制止這樁後果嚴重的誹謗事件。您可以看得出來，現在叫我去達特沼地是件多麼不可能的事。」

「那麼，您打算讓誰去呢？」

福爾摩斯用手拍著我的手背說道：「如果我的朋友願意擔當此事的話，那麼在您處於危急的時候，沒有人比他在您身邊陪伴和保護您更合適了，沒有人能比我更有信心說這番話。」

這個建議完全出乎我的意料。我還沒來得及回答，巴斯克維爾就抓住了我的手，熱情地搖了起來。

「啊，華生醫生，這眞是太好了，」他說，「您瞭解我的處境，而且對於這件事，您知道得和我一樣多；如果您能來巴斯克維爾莊園陪我渡過一段時間，我將永遠感念在心。」

人生旅途上的冒險，對我永遠是具有吸引力的，何況我還受到了福爾摩斯的恭維和準男爵朋友般眞摯之情的感動呢。

「我很樂意走這一遭，」我說道，「我不知道還有比這更好打發我時間的方法。」

「你得非常細心地向我報告，」福爾摩斯說道，「當危機到來的時候——它遲早會來——我將指示你如何行動。我想星期六就可以準備好動身了吧？」

「這樣對華生醫生方便嗎？」

「很方便。」

「那麼就星期六，除非我另有通知，咱們就在車站會面，搭帕丁頓開來的十點半的那班車。」

當我們起身告辭時，巴斯克維爾突然發出一聲勝利的歡呼，他衝向屋角，從櫥櫃下拖出一只棕色長筒皮鞋。

「正是我丟了的鞋。」他喊了起來。

「但願咱們所有的困難都能像這件事一樣輕易地化解！」福爾摩斯說道。

「可是這事眞是有些蹊蹺，」莫蒂默醫生說，「午飯以前，我剛在這屋裡仔細找過。」

「我也找過啊！」巴斯克維爾說，「到處都找遍

了。」

「那時，這個地方什麼鞋都沒有。」

「這麼說來，一定是當我們吃午飯的時候，侍者給放在那裡的。」

那個德國籍侍者被叫了過來，可是他聲稱對這件事一點也不知道，也不明白這究竟是怎麼回事。一連串目的不明的神秘事件一件接一件地連續發生，現在又多了一件。拋開查理斯爵士暴死的故事不算，在不到兩天之內我們就遇到了一連串無法解釋的奇事：包括收到用鉛字湊成的信，雙輪馬車裡蓄著黑鬍子的密探，新買的棕色皮鞋的遺失和舊黑皮鞋的失蹤，還有現在棕色皮鞋的神秘送還。在我們乘馬車返回貝克街的時候，福爾摩斯坐在那兒一言不發，我由他那緊皺的雙眉和嚴峻的表情就能看出，他的心裡正和我一樣，在忙於努力拼湊一些推想，來使這一切奇異而又顯然缺乏關聯的插曲得到合理的解釋。整個下午直到傍晚，他都呆坐著，沉浸在菸草和深思之中。

就在剛要吃晚飯的時候收到了兩封電報，第一封寫著：

剛剛獲悉，巴瑞摩確在莊園。

巴斯克維爾

第二封是：

依指示尋訪二十三家旅館，很遺憾未發現被剪破之《泰晤士報》。

卡特萊

「我的兩條線索算是都完了，華生。再沒有比諸事不順的案子更惱人的了。咱們必須掉頭另找線索。」

「咱們總還可以找到那個給盯梢人趕車的馬夫啊。」

「確實。我已發了電報請求執照管理科提供他的姓名和地址——如果來人能解答我一個問題的話，我不會感到驚訝的。」

事實證明，門鈴聲帶來的結果，比我們希望的答案更加令人滿意。因爲門一開就進來了一個舉止粗魯的傢伙，一望可知，他就是我們要找的那個人。

「我接到總局的通知，說這裡有一位紳士要找２７０４號車的車夫，」他說道，「我趕馬車已經七年了，從未由乘客口中聽到一句不滿意的話；我直接從車場到這裡來了，我要當面問清楚，你們對我到底有什麼意見。」

「朋友，我對你沒有絲毫不滿，」福爾摩斯說，「相反的，如果你能明確地回答我的問題，我就給你半個金鎊。」

車夫聽了咧開嘴笑著說：「啊，我今天可趕上好日子啦。先生，您要問我什麼呢？」

「首先，告訴我你的姓名和位址，以便需要的時候再去找你。」

「約翰・克萊頓，住在外城區托皮街3號；我的車是從滑鐵盧車站旁的希波利車場租的。」

福爾摩斯將這些記了下來。

「現在，克萊頓，請你把今天早上來監視這所房子而後來又在攝政街尾隨兩位紳士的那個乘客的情況告訴我吧。」

看樣子那人吃了一驚，神色有些慌亂。

「呃，這件事似乎用不著我再告訴您了，因爲看來您知道的和我一樣多，」他說，「事實上，那位紳士對我說他是個偵探，並且囑咐說關於他的事不許對任何人講。」

「朋友，這事非同小可呢，如果你對我有任何隱瞞，你就要吃不完兜著走了。你說你的乘客曾告訴你他是個偵探嗎？」

「是的，他是這樣說的。」

「他什麼時候這麼說的？」

「在他離開的時候。」

「他還說過什麼別的嗎？」

「他提到了他的姓名。」

福爾摩斯以勝利的眼神迅速地瞟了我一眼。「噢，他提到了他的姓名，是嗎？那可眞夠冒失的。他說他叫什麼名字啊？」

「他的姓名，」車夫說，「是夏洛克．福爾摩斯，先生。」

我從來沒有看到過我的朋友像聽到馬車夫的回答時那樣地大吃一驚。一時間他驚愕得坐在那裡一言不發。然後，他忽然放聲大笑。

「妙啊，華生，眞是妙極了，」他說，「我栽在一個和我一樣迅速、機敏的人手裡。他可把我搞得眞夠瞧的——他的姓名就是夏洛克．福爾摩斯，是嗎？」

「是的，先生，這就是那位紳士的姓名。」

「太好了！告訴我他在什麼地方搭上了你的車和那以後的事吧。」

「九點半的時候，他在特萊弗加廣場叫了我的車，他說他是個偵探，並說如果我能整天絕對地服從他的指示而且不提任何問題的話，他就給我兩個金鎊。我當然高興地同意了。我們首先趕到諾森伯蘭旅館，在那裡一直等到兩位紳士出來並雇了馬車。我們尾隨著他們的馬車，直到停在這裡附近爲止。」

「就是這個大門。」福爾摩斯說道。

「啊，這一點我不能肯定。可是，我敢說我的乘客什麼都知道。我們往前走了半條街，停在那裡等了大約一個半小時。後來那兩位紳士由我們旁邊步行過去，我們就順著貝克街跟蹤下去，並沿著……」

福爾摩斯插言道：「這我知道了。」

「我們沿攝政街走了大約有四分之三。忽然間，那位紳士打開了車頂滑窗，向我喊著說要趕往滑鐵盧車站，能跑多快就跑多快。我快馬加鞭，不到十分鐘就到了車站。他眞的給了我兩個金鎊就進車站去了。就在他正要走開的時候，他轉過身來說道：『你如果知道了也許會感興趣的，你的乘客就是夏洛克・福爾摩斯。』這樣我才知道了他的姓名。」

「原來如此。你以後再也沒有看到他了嗎？」

「他進了車站以後，就再也沒有見到過了。」

「你能描述一下夏洛克・福爾摩斯先生的相貌嗎？」

馬車夫搔了搔頭皮說：「啊，他還眞不是那麼容易形容。我看他有四十歲的樣子，中等身材，比您要矮二、三英寸，先生。他衣著像個紳士，蓄著黑鬍鬚，修剪得很整齊，面色蒼白。我不知道還有什麼可說的了。」

「眼珠的顏色呢？」

「不，我說不出來。」

「別的你再也記不得什麼了嗎？」

「嗯，先生，記不得了。」

「好吧，這半個金鎊給你。如果往後你能帶來更多的消息，還可以再拿半鎊。晚安！」

「晚安，先生，謝謝您。」

約翰・克萊頓咯咯地笑著走了。福爾摩斯轉向我聳了聳肩，帶著失望的微笑說：

「第三條線索算是又斷了，一切重新回到起點。」

他說道，「這個狡猾的流氓！他清楚咱們的底細，他知道亨利・巴斯克維爾爵士曾經找過我，在攝政街察覺了我是誰，估計我已記下馬車的車號，一定會去找馬車夫的，因此他就送來了這個戲謔的口信。我告訴你，華生，這一回咱們可算遇上了一個值得眞槍實彈幹一場的對手。我在倫敦已經遭到了挫折。但願你在德文郡的運氣能夠比這裡好一點，可是我還眞有點不放心。」

「對什麼不放心呢？」

「對你不放心。這事很棘手，華生，既棘手又危險，這件事我瞭解愈多就愈不喜歡它。是啊，夥伴，你盡管笑我，但我告訴你，如果你能平安地再回到貝克街來，那我就太高興了。」

第6章 巴斯克維爾莊園

到了約定的那一天，亨利・巴斯克維爾爵士和莫蒂默醫生都準備好了，我們便如約啓程去德文郡。福爾摩斯坐車送我到車站，抓緊臨別前的時間面授機宜。

「我不願用過多的理論和假設來影響你的思維，華生，」他說，「我只希望你盡可能詳盡地將各種事實報告給我，把歸納整理的工作交給我來做就好了。」

「哪類事實呢？」我問道。

「可能與這案件有關的任何事實，無論看上去是多麼的無關緊要，特別是年輕的巴斯克維爾和他的鄰居之間的關係，或是與查理斯爵士之死有關的新情況。在過去的幾天裡，我已經親自做過一些調查，但恐怕這些調查的結果都沒有什麼幫助。只有一件事可以肯定，就是下一位繼承人詹姆斯・戴斯蒙先生是一位年事已高的紳士，性格溫厚善良，因此這種迫害行爲不會是他幹出來的。我眞覺得在咱們考慮案情時可以將他完全排除在外，實際上也只剩下在沼地裡環繞於亨利・巴斯克維爾爵士周圍的人們了。」

「首先把巴瑞摩夫婦去掉不好嗎？」

「千千萬萬不可如此，你會鑄成大錯的。如果他們是無辜的，這樣做太不公正了；而如果他們是有罪的，我們這樣做等於主動放棄了將他們名正言順繩之以法的機會。不，不，不能這樣，我們必須把他們列入嫌疑人名單之內。如果我沒有記錯的話，莊園裡還有一個馬夫。還有兩戶住在沼地上的農家。還有咱們的朋友莫蒂默醫生，我相信他是完全誠實的，但是別忘了他的太太，咱們對她可是一無所知的。還有生物學家斯特普爾頓和他的妹妹，據說她是位很有魅力的年輕女子。還有賴福德莊園的弗蘭克蘭先生，對他的情況我們一無所知。還有其他一兩個鄰居。這些都是你必須重點研究的人物。」

「我會盡力而爲的。」

「我想你有帶武器吧？」

「帶了，我想還是帶去的好。」

「非常必要。把你那把左輪槍時時刻刻帶在身邊，不能有半點大意。」

我們的朋友們已經訂下了頭等車廂的座位，正在月臺上等著我們。

「沒有，我們沒有任何新消息，」莫蒂默醫生在回答我朋友的問題時說，「有一件事，我敢

擔保，就是最近兩天我們沒有被人跟蹤。每次我們出去的時候都特別留心觀察，要有人跟蹤的話，肯定是逃不出我們的眼睛。」

「我想你們總是在一起的吧？」

「除了昨天下午。我每次進城來，總要花費一整天的時間來休閒娛樂，因此我將昨天整個下午的時間都消磨在外科醫學院的陳列館裡了。」

「我到公園看熱鬧去了，」巴斯克維爾說，「可是我們並沒有發生任何麻煩。」

「不管怎樣，還是太疏忽大意了，」福爾摩斯搖著頭，一臉嚴肅地說，「亨利爵士，我請求您不要單獨外出，否則您就要大禍臨頭了。您找到另一只皮鞋了嗎？」

「沒有，先生，再也找不著了。」

「這眞是很有趣的事。好吧，再見，」當火車沿著月臺緩緩開動的時候，他再一次叮嚀說，「亨利爵士，要記住莫蒂默醫生告訴我們的那個怪異而古老傳說中的一句話——不要在夜晚罪惡勢力最囂張的時候走過沼地。」

當我們已離開有一段距離的時候，我回頭向站臺望去，看到福爾摩斯高大、嚴肅的身影依然站在那裡一動不動地目送著我們。

這是一趟既迅捷又愉快的旅行，在這段時間裡，我和我的兩位同伴相處得更加親密了，有時還和莫蒂默醫生的長耳獚犬嬉戲。沒過幾小時，車窗外原本棕色的大地已經變成了紅色，磚房換成了石頭建築物，棗紅色的牛群在樹籬圍裡吃著草，青蔥的草地和極其茂盛的菜園說明，這裡的氣候濕潤，易於獲得豐收。年輕的巴斯克維爾熱切地向窗外眺望著，當他認出德文郡那熟悉的風景，就驚喜地大叫起來。

「自從離開故鄉之後，我走遍了大半個世界，華生醫生，」他說道，「我從來沒有見過一個地方能和這裡相比。」

「我還從沒有見過一個不讚美故鄉的德文郡人呢。」我說道。

「不光是本郡的地理條件，就是本地的人也是不凡呢。」莫蒂默醫生說道，「看看我們這位朋友，他那圓圓的頭顱就是屬於凱爾特型的，裡面充滿著凱爾特人特有的強烈情感。可憐的查理斯爵士的頭顱則屬於一種非常稀有的典型，他的特點是一半像蓋爾人，一半像愛弗人。最後一次看到巴斯克維爾莊園的時候，您還很年輕呢，是不是？」

「我父親死的時候，我還是個十三、四歲的孩子，那時他住在南面海邊的一棟小房子裡，所以我還沒見過這座莊園。我父親一死，我就直接到美洲投奔一個朋友去了。我跟您說，和華生醫生一樣，所有眼前這一切對我而言都是全新的，我非常渴望看一看沼地。」

「是嗎？那麼您的願望很容易就能實現，因爲您馬上就會看到沼地了。」莫蒂默醫生說著用手指向車窗外。

越過一塊塊綠色的田野和微微起伏的樹林頂端，遠遠地升起了一座灰暗陰鬱的小山，山頂上有形狀奇特、參差不齊的缺口，遠遠望去晦暗朦朧，宛如夢幻中的景色一般。巴斯克維爾久久地坐在車窗前，兩眼凝望著那裡一動不動。我從他那熱切的面部表情看得出來，這地方對他有多麼重大的意義，這片他畢生頭一次見到的陌生土地，卻已被他家族的先輩掌管過那麼長的時間，到處都深深地留下了他們的印跡。他穿著蘇格蘭呢的服裝，說話時帶著美洲口音，坐在一節普普通通的火車車廂的角落裡。望著他那黝黑而富於表情的面孔時，我從未如此清晰地感覺到，他的的確確就是那個血統高貴、熱情狂放的家族直系後裔，具有一家之主的風範。在他那濃濃的眉毛、翕動的鼻孔和栗色的大眼睛裡顯示著自尊、豪邁和力量。如果在那恐怖的沼地裡，果眞出現了什麼困難和危險的事，他至少是個確實可靠的、勇於擔當起責任來的伙伴。

火車在一個路邊小站上停了下來，我們都下了車。在矮矮的白色欄杆外面，有一輛由兩匹短腿小馬拉著的四輪馬車等在那裡。我們的到來顯然是件大事，站長和腳夫都向我們圍了上來，幫著我們搬行李。這是一個恬靜、可愛而又樸實的鄉下地方，但是，我驚訝地發現，在出口的地方，有兩個身穿黑制服、軍人模樣的男人站在那裡。他們的身體倚靠在短枝來福槍上，目不轉睛地瞧著我們走過去。馬車夫是個身材矮小的傢伙，相貌冷酷舉止乖僻粗野，他向亨利・巴斯克維爾行了個禮。幾分鐘之後，我們就沿著寬闊的灰白色大道飛馳而去了。起伏不平的牧草地，在大道的兩側向上隆起，穿過濃密綠蔭的隙縫，一些牆頭和屋頂都被修成人字形的老房子時隱時現，在這片安謐寧靜、陽光普照的鄉村景象後面，卻是綿延不斷在傍晚昏暗的天空映襯下的沼地，中間還羅列著幾座高高低低的小山，看上去頗有幾分險惡。

四輪馬車轉入旁邊的一條岔路，經過長達幾個世紀的車輪碾壓，小路上的車轍印已深深陷入地面，我們穿過這些縱橫如小巷似的溝道曲折上行，道路兩側的石壁上，長滿濕漉漉的苔蘚，以及一種枝葉肥厚的羊齒植物。古銅色的蕨類和色彩斑駁的黑莓在落日的餘輝中閃閃發光。我們一直往上走，經過一座花崗石的窄橋，又沿著一條奔騰喧囂的急流向前走去。水流洶湧奔騰，泡沫噴濺，在灰色的亂石之間怒吼而過。道路在密生著矮小的橡樹和樅樹的峽谷之中，沿著曲折迂迴的小河蜿蜒溯流而上。在每一轉折處，巴斯克維爾都要高興得歡呼起來，他急切地向四周環顧著，不停地向我們問著無數的問題。在他看來，什麼都是美麗的，可是我總覺得這一帶鄉間有一些淒涼的味道，仿佛已進入肅殺的深秋季節，一片蕭瑟的景象。小路上鋪滿了枯黃的樹葉，在我們經過的時候，又有些樹葉由我們的頭頂翩翩飄落。我們的馬車走在枯葉上，轔轔的輪聲也一時間沉寂下來——在我看來，這些東西都仿佛是造物主撒在重返家園的巴斯克維爾家族繼承人車前的不祥禮物。

「啊！」莫蒂默醫生叫了起來。「那是什麼？」

前面出現了長滿了石南一類常青灌木的陡斜的坡地，這是突出在沼地邊緣的一處地方。在那最高點上，赫然矗立著一個騎馬的士兵，宛如一尊裝在碑座上的騎士雕像，黝黑而嚴峻，馬槍作預備放射的姿勢搭在伸向前方的左臂上。他正在監視著我們所走的這條道路。

「那是要幹什麼的，珀金斯？」莫蒂默醫生問道。

車夫從座位上轉過身來：「王子鎭逃走了一個犯人，先生，到現在爲止，他已經逃出來三天了，獄卒們正監視著每條道路和每個車站，但至今還沒有找到他的蹤跡。附近的農戶們甚感不安。」

「啊，我知道，如果誰能提供線索的話，就能拿到五鎊的賞金呢。」

「是啊，先生，可是如果和可能會被人割斷喉管相比起來，這可能拿到的五鎊錢就顯得太不値了。您要知道，這可不是個普普通通的罪犯啊。他是個肆無忌憚的人。」

「那麼，他究竟是誰呀？」

「他叫塞爾登，就是那個瑙亭山殺人案的兇手。」

那件案子我記得很清楚，他的罪行極端殘忍，全部暗殺的過程都貫穿著絕頂的暴行，此案曾引起福爾摩斯的興趣。後來之所以減免了他的死刑，是由於他的行爲出奇地殘暴，人們對他的精神狀態是否健全產生了一些懷疑。我們的馬車爬上一面斜坡，廣袤的沼地就出現在我們面前，上面點綴著很多圓錐形的石塚和凹凸不平的岩崗，色彩斑駁，光怪陸離。一股冷風從沼地上吹來，使我們都打起了寒顫。在那荒無人跡的平原上，這個魔鬼似的人，不定在哪一條溝壑之中像個野獸似地潛藏了起來，內心充滿著對唾棄他的人類的仇恨。光禿禿的荒地，冷颼颼的寒風，陰沉沉的天空，再加上這個逃犯，就益發顯得恐怖了。即使是巴斯克維爾也沉默了下來，把大衣裹得更緊些。

豐饒的鄉村已落在我們的後方，我們回頭遙望了一下，夕陽斜照，把河水映照得流金溢彩一般，初耕的紅色土地和寬廣的密林都在閃爍發光。相形之下，我們面前這條赤褐色和橄欖色斜坡上的道路顯得格外的荒蕪蕭瑟，到處羅列著巨石。我們偶爾會路過一兩間沼地小屋，牆和屋頂都是用石料砌成的，牆上也沒有蔓藤掩飾它那粗糙的輪廓。我們俯望下面，忽然看到了一處碗狀的凹地，那裡覆蓋著小片的橡樹和樅林，被經年累月的狂風吹彎了枝幹，狀況並不太好。在樹林的頂上，伸出了兩個又細又高的塔尖。馬車夫用鞭子指了指說道：「這就是巴斯克維爾莊園。」

莊園的主人站了起來，雙頰泛紅，目光炯炯地眺望著。幾分鐘後，我們就來到了莊園門口。大門是用稠密的、曲折交織成奇妙花樣的鐵條組成的，每一邊各有一根久經風雨侵蝕的柱子，由於長了苔蘚而顯得骯髒了，柱頂裝有石刻的野豬頭，那是巴斯克維爾家族的標誌。門房已經成了一堆坍塌的黑色花崗岩，一根根光禿的椽木裸露在外面。可是正對著它的卻是一座新的建築，剛建成了一半，是查理斯爵士用由南非賺來的黃金首批興建的。

穿過大門我們就走上了小道。這時，走在枯葉上的車輪聲再次沉靜下來，老樹的枝幹交織在我們的頭頂，形成一條陰暗的拱道。穿過長而陰暗的車道，遠端有一所房屋像幽靈似地在發著亮光，巴斯克維爾不由得打了個冷顫。

「就是在這裡發生的嗎？」他低聲問道。

「不，不是，水松夾道在那一邊。」

年輕的繼承人面色陰鬱地向四下張望著。

「難怪我伯父總會感覺要大難臨頭了，」他說道，「住在這樣的地方，任何人都會嚇破膽。我決定在不出六個月的時間內要在這裡裝上一整排電燈，當一千瓦的天鵝牌或愛迪生牌的燈泡照耀廳前的時候，你們會再也認不出這個地方的。

道路通向一片寬闊的草地，房子就在我們的面前了。在昏暗的光線下，我看得出中央是一幢厚重的磚砌建築，前面凸出著一條走廊。房子的正面爬滿了常春藤，只有在窗戶或裝有盾徽的地方被剪去了，像是在黑色面罩的破處打上補釘似的。這座中央建築的頂上有一對年代久遠的塔樓，帶有雉堞和很多瞭望孔。塔樓的左右兩側各有一座樣式更新、用黑色花崗岩建成的翼樓。一縷暗淡的光線透過視窗堅實的窗櫺照射過來，在陡峭而傾斜的屋頂上，高高的煙囪裡噴吐出一條黑色的煙柱。

「歡迎！亨利爵士，歡迎您到巴斯克維爾莊園來！」

一個身材高大的男人由走廊的陰影中走了出來，打開了四輪馬車的車門。隨後在廳房淡黃色的燈光前面，又出現了一個女人的身影，她走出來幫助那人卸下我們的行李。

「您不介意我直接趕回家去吧，亨利爵士？」莫蒂默醫生說，「我太太在等著我呢。」

「您不能吃了晚飯再回去嗎？」

「不，我一定得走，也許家中已經有事正等著我處理呢。我本該留下來領您在房子裡到處轉轉，不過巴瑞摩會是個比我更好的嚮導。再見，不管白天黑夜，只要需要我效勞，隨時去叫我就可以了。」

亨利爵士和我一走進大廳，小路上的車輪聲就聽不到了，大門隨即在我們身後沉重地關上。我們發現自己置身於一間華美高大的房間裡，屋頂支撐的椽木和樑柱因年代久遠已變成了黑色。在高高的鐵狗雕像背後的那座巨大老式壁爐裡面，木柴在劈啪爆裂地燃燒著。亨利爵士和我

伸手烤火取暖，因爲我們被長途乘車弄得渾身都麻木了。後來我們又向四周環顧了一番，看到狹長的、裝著古老的彩色玻璃窗戶，橡木做的嵌板細工，牡鹿頭的標本，以及牆上所掛的盾徽，在中央大吊燈柔和的光線照耀下，一切都顯得幽暗而陰鬱。

「和我想像的完全一樣，」亨利爵士說道，「難道這不正是一個古老家庭應有的景象嗎？就是這座大廳，五百年來我們家族的人們一直生活在這裡，一想到這些就使我肅然起敬。」

當他環顧四周的時候，我看到在他那黝黑的面孔上燃起了孩童般的熱情。雖然燈光正照在他站立的地方，可是牆上長長的投影和天花板仿佛在他的頭頂上張開了一座黑黝黝的天棚似的。巴瑞摩把行李送進我們的居室以後又回來了，帶著一種受過良好訓練的僕役所特有的順服神情，站在我們的面前。他是個儀表堂堂的男子，高大，英俊，留著剪得方方正正的黑鬍鬚，有一副白皙而出眾的容貌。

「您希望立刻用晚飯嗎，先生？」

「準備好了嗎？」

「馬上就好，先生。屋裡已經預備了熱水，亨利爵士，在您做出新的安排之前，我的妻子和我很願意和您待在一起，可是您得瞭解，在這種新的情況下，這所房子裡需要相當多的傭人。」

「什麼新情況？」

「先生，我不過是說，查理斯爵爺過的是非常隱逸的生活，因此我們還可以照顧得了他的需要，而您呢，當然希望有更多的人和您做伴，因此您必然會需要將家事的管理加以改變。」

「你的意思是說，你和你的妻子想要辭職嗎？」

「這當然要在對您很方便的時候才行，先生。」

「可是你們一家已經跟隨我家的人好幾代了，不是嗎？如果我剛開始在這裡生活，便斷絕了這種流傳已久的家庭聯繫，我會感到非常遺憾的。」

我似乎從管家白皙的面孔上看到了一絲感動。

「我有同感，先生，我的妻子也是一樣。說實話，先生，我們兩人都很敬愛查理斯爵士，他的死讓我們大爲震驚，這裡周圍的環境，處處都使我們感到十分痛苦。繼續留在巴斯克維爾莊園裡，我恐怕我們的內心再也不會得到安寧了。」

「可是你今後有什麼打算呢？」

「先生，我確信，如果我們做點生意，一定會成功的。查理斯爵爺的慷慨遺贈，使我們有可能這樣去做。可是現在，先生，我最好還是先領您去看看您的房間吧。」

在這古老的廳堂上方，環繞著一周裝有迴欄的方形遊廊，要通過一段雙層樓梯才能上去。由中心區伸出兩條長長的通道縱穿整個建築，所有的寢室都是開向這兩條通道的。我和巴斯克維爾的寢室在同一側，並且幾乎是緊緊相鄰，這些房間看起來要比大樓中間廳堂的樣式新得多，顏色鮮明的壁紙和點燃著的難以數計的蠟燭多少消除了在我們剛到時留在腦中的陰鬱印象。

可是那間開向廳堂的飯廳卻是一處陰鬱晦暗的地方，是一間長條形的房間，一段臺階把屋子分成高低兩部分，上面是家庭成員進餐的地方，下面較低的部分則留給傭人們使用。在飯廳的一端，居高臨下的是一條供演奏音樂用的短廊。烏黑的樑木橫過我們的頭頂，再上面就是被煙熏黑的天花板。如果用一排盛燃的火炬把屋子照亮，在一個豐富多彩、狂歡不羈的古老宴樂之中，這裡嚴峻的氣氛或許能有所緩和，可是現在，當兩位黑衣紳士坐在罩燈下面不大的光環裡，說話的聲音都變低了，精神上也感受到壓抑。一排暗淡不清的祖先畫像，穿著各式各樣的服裝，從伊莉莎白女王時代的騎士直至喬治四世攝政時代的公子哥兒，都張目注視著我們，沉默地陪伴著我們，使我們感到莫名的壓抑。我們很少說話，我很高興這頓飯總算是吃完了，我們可以到新式的彈子房去抽根菸了。

「說實話，這裡眞不是一個多麼讓人愉快的地方，」亨利爵士說道，「我原以爲可以逐漸習慣這樣的環境，可是現在我總覺得有點不對勁。難怪我伯父獨住在這房子裡會變得心神

不安。好了，如果您願意的話，咱們今晚早點休息，也許在清早的時候，東西會顯得讓人愉快些呢。」

我在上床前拉開窗簾，由窗內向外張望了一陣。這扇窗戶對著客廳前的草地，再遠一些又有兩叢樹，在逐漸強烈的晚風中呻吟搖擺。半圓的月亮由競相奔走的雲朵縫隙之中透露出來。在淒冷的月光下，越過樹林，我看到了殘缺不齊的山崗邊緣和綿長低窪、緩緩起伏的陰鬱沼地。我拉上窗簾，覺得此時所見與先前所得的印象並無不同。

可是這還不算是這一天最後的印象。我雖然感到很疲倦，但神志卻相當清醒，在床上輾轉反側，想睡卻睡不著。遠處傳來了報時的鐘聲，一刻鐘一刻鐘地打著，除此之外，整座古老的屋宅都籠罩在死一般的沉寂中。可是突然間，在死寂的深夜裡，有一種聲音傳進了我的耳朵，清晰而又響亮。絕不會弄錯，那是一個婦女的啜泣聲，像是一個被難以忍耐的悲痛所折磨著的人發出的強抑的、哽噎的喘息。我在床上坐了起來，凝神細聽。這聲音不可能來自遠處，可以肯定就在這座屋子裡。我每根神經都高度緊張地等待著，可是半個多小時過去了，除了鐘的敲打聲和牆外常春藤沙沙作響的聲音之外，再也沒有別的聲音傳來。

第7章 梅里琵宅邸的主人斯特普爾頓

次日早晨的清新美景，多少抵消了一些初到巴斯克維爾莊園時，留下的恐怖陰鬱印象。當巴斯克維爾爵士和我坐下來吃早餐的時候，陽光從高高的窗櫺中四射進來，透過窗戶玻璃上的盾徽文飾投射出一片片淡弱的彩色光斑，深色的護牆板也在金色的陽光映照下泛出青銅色的光輝；簡直難以相信，這就是昨晚在我們的心靈上投下陰影的那個房間。

「我想這只能怪咱們自己，而不是房子的錯！」準男爵說，「旅途勞頓加上乘車時的寒冷，使我們對這地方產生了不好的印象。現在，咱們的身心已經煥然一新，所以對所有的一切又都感到很愉快了。」

「可是，這不完全是想像的問題，」我回答道，「比如說，您是否恰巧聽到什麼人——我想是個女人——在夜裡哭泣？」

「真是奇怪，我在將睡未睡的時候確實聽到過某種聲音。我等了很長一會兒，可是那聲音再也沒有出現，所以我確定那都是在夢中聽到的。」

「我聽得清清楚楚，而且我敢肯定，那的確是女人的哭聲。」

「咱們得馬上把這件事問清楚。」他搖鈴叫來了巴瑞摩，問他是否能對我們所聽到的哭聲做出解釋。據我看來，總管在聽到他主人所問的問題後，本來就白皙的面孔變得更加蒼白了。

「亨利爵士，在這所房子裡只有兩個女人，」他回答道，「一個是女僕，她睡在另一側的翼樓裡；另一個就是我的妻子，我只能說，哭聲不是由她發出來的。」

但是後來證明他這句話是在撒謊，因爲在早飯後，我碰巧在長廊上遇到了巴瑞摩太太，陽光正照著她的臉，她是個體格高大、外表冷漠、身體胖胖的女人，嘴角總帶著嚴肅的表情。可是她的兩眼無可掩飾地都紅著，還從紅腫的眼皮之間望了我一下。這麼說，夜間哭的就是她了。如果她確實哭過，她丈夫一定會知道，可是他居然冒著顯然會被人發現的危險否認這一點。他爲什麼要這樣做呢？還有，她爲什麼哭得那麼傷心呢？在這面孔白皙、英俊、蓄著黑鬍鬚的人周圍，已經攏聚起一種神秘朦朧的氣氛。是他第一個發現了查理斯爵士的屍體，而且我們也只是由他那裡才得到了關於將那老人引向死亡的所有情況。有沒有可能，我們在攝政街看到的馬車裡的那個人就是巴瑞摩？鬍鬚很可能是相同的。馬車夫形容那人身材相當矮小，可是這樣的印象很可能是錯誤的。我怎樣才能弄清這一點呢？顯然，首先該做的就是去找格林盜的郵政局長，弄清楚那份試探性的電報是否眞的是當面交給了巴瑞摩本人。無論答案如何，我至少應該有些能向夏洛克・福爾摩斯報告的事。

早餐後，亨利爵士有很多文件要審閱，因此這段時間恰好可以讓我出門走走。這是一次令人愉快的散步，我沿著沼地的邊緣走了大約四英里，最後來到一個不起眼的小村莊，村中有兩座較大的建築物，比其他房子都高出一截，事後知道一所是客棧，另一所就是莫蒂默醫生的家。那位郵政局長——也是本村的雜貨商，對那封電報記得很清楚。

「沒錯，先生，」他說道，「我是完全按照指示叫人將那封電報送交巴瑞摩先生的。」

「誰送去的？」

「我的小孩送去的。詹姆斯，上星期是你把那封電報送給住在莊園的巴瑞摩先生的，是不是？」

「是的，爸爸，是我送的。」

「是他本人親手接收的嗎？」我問道。

「啊，當時他正在樓上呢，所以我沒能把信親自遞到他的手上，可是，我把它交到了巴瑞摩太太的手裡了，她答應馬上就送上去。」

「你看到巴瑞摩先生了嗎？」

「沒有，先生，我跟您說過他在樓上呢。」

「如果你沒有看到他，你怎麼能知道他是在樓上呢？」

「噢，他自己的妻子當然應該知道他在什麼地方啊！」郵政局長有些惱怒地說道，「究竟他收到了那份電報沒有？如果發生了任何差錯，也應該是巴瑞摩先生自己來質問啊。」

要想繼續深入調查這件事似乎已沒有什麼指望了，可是有一點很清楚，雖然福爾摩斯使用了巧計，我們仍不能證明巴瑞摩那段時間沒有去過倫敦。假設事實就是如此——假設這位最後見到活著的查理斯爵士的人就是最早跟蹤剛剛回到英倫的新繼承人的人，那又怎麼樣呢？他是受別人的指使，還是另有個不可告人的圖謀呢？謀害巴斯克維爾家的人對他會有什麼好處呢？我想起了那封用《泰晤士報》評論剪貼成的奇怪警告信，那是他的傑作，還是可能有誰因為決心要反對他的陰謀而做的呢？

唯一能想像出的動機就是像亨利爵士曾猜測過的那樣，如果莊園的主人能被嚇跑的話，那麼巴瑞摩夫婦就能得到一個永久而舒適的家了。可是這樣一種解釋，對於圍繞年輕的準男爵而織成一面無形羅網的處心積慮的陰謀來說，確實難以令人信服。福爾摩斯自己也說過，在他那一串長得驚人的偵探案例裡，再沒有比這件更複雜的案子了。在我沿著晦暗而又孤寂的道路回來的途中，心裡默默地禱告著，願我的朋友能很快從他的事務中脫身到這裡來，把這份沉重的責任從我的雙肩上接過去。

忽然一陣跑步聲和喚著我名字的聲音打斷了我的思路，我轉過身去，心想一定是莫蒂默醫生，但是出乎我的意料，追我的竟是一個陌生人。他是個矮小削瘦、面貌端正的男子，鬍子刮得很乾淨，長著淡黃色的頭髮，下巴尖瘦，年紀在三十到四十歲之間，穿著一身灰色衣服，戴著草帽，肩上挎著一只薄薄的植物標本匣，一隻手裡拿著一把綠色的捕蝶網。

「我相信您一定會原諒我的冒昧無禮，華生醫生，」他跑到我跟前，喘著大氣說，「在這片沼地裡，人們都像是一家人似的，都不用等著正式的介紹。我想您大概已經從咱們共同的朋友莫蒂默醫生那裡聽說過我的姓名了，我就是住在梅裡琵的斯特普爾頓。」

「您的木匣和網就已經很清楚地告訴我了，」我說道，「因爲我早就知道斯特普爾頓先生是一位生物學家。可是您怎麼會認識我呢？」

「剛才我拜訪莫蒂默醫生的時候，您正巧路過，於是，他就從窗戶裡把您指給我看了。因爲咱們同路，所以我想應該趕上您來作個自我介紹。我相信亨利爵士的這趟旅行一切都好吧？」

「他很好，謝謝您。」

「在查理斯爵士慘死後，我們都擔心這位新來的準男爵也許會拒絕住在這裡呢。要想使一個有錢人在這種地方終老一生，確實有點說不過去。可是，用不著我多說您也明白，這一點對我們這窮鄉僻壤說來，確是關係重大呢。

我想，亨利爵士對這件事不會有什麼迷信的恐懼心理吧？」

「我想大概不會吧。」

「您一定聽說過那件關於糾纏著這一族人的魔鬼獵狗的傳說吧？」

「我聽說過。」

「這裡的農夫們眞是太容易輕信傳聞了！他們每個人都能發誓說，他們曾經見到過這樣一隻畜生在這片沼地裡出沒。」他說話時帶著微笑，可是我似乎從他的眼神裡可以看出，他對這件事情的態度相當認眞。「這個故事在查理斯爵士的心理上產生了很大的影響。而且我毫不懷疑，就是這件事最終導致他落得如此悲慘的結局。」

「怎麼會呢？」

「他的神經已緊張到極點，任何一條狗的影子都會對他那病弱的心臟產生致命的影響。我估計他臨死的那天晚上，在水松夾道裡，他眞的看到了什麼類似的東西。我早就擔心會發生什麼災難，因爲我很喜歡那位老人，而且我也知道他的心臟很虛弱。」

「您怎麼會知道這一點呢？」

「我的朋友莫蒂默告訴我的。」

「那麼，您認爲，是有一隻狗追著查理斯爵士，結果他就被嚇死了嗎？」

「您還有什麼更好的解釋嗎？」

「我還沒有得出任何結論呢。」

「夏洛克・福爾摩斯先生呢？」

這句話使我在剎那間屏住了呼吸，可是再看一看我那同伴溫和平靜的面孔以及沉著的目光，才覺得他並非要故意使我驚訝。

「要想讓我們假裝不認識您是毫無用處的，華生醫生，」他說道，「您那些探案記錄早就流傳到我們這裡了，而且您也無法做到既讚揚您的朋友，同時又讓自己默默無聞。當莫蒂默告訴我您的姓名的時候，他就不得不承認您的身份。現在您既然到了這裡，那麼顯然是夏洛克・福爾摩斯先生本人也對這件事產生了興趣，而我呢，自然也就很想瞭解一下他對這件事的看法如何了。」

「恐怕我回答不了這個問題。」

「冒昧地打聽一下，他是否要賞光親自來這兒呢？」

「目前他還不能離開城裡。他正在集中精力於別的案子。」

「多麼可惜！他也許能把這件難解的事給我們解出些眉目來呢。當您在進行調查的時候，如果我能效勞的話，儘管差遣好了。如果我能知道您的疑問，或是您打算如何進行調查，我也許馬上就能予以協助或提出建議來呢。」

「請您相信，我在這裡不過是來拜訪我的朋友亨利爵士，而且我也不需要任何協助。」

「好極了！」斯特普爾頓說道，「您這樣的小心謹愼完全是正確的。我這麼無來由地多管閒事，受到訓斥完全是罪有應得。我向您保證，以後再也不提這件事了。」

我們來到一個路口，一條狹窄多草的小路由這裡從大道上斜岔出去，曲折迂迴地穿過沼地。小路右側是一座陡峭的佈滿亂石的小山，多年前已被開成了花崗岩採石場；向著我們的一面是暗色的崖壁，隙縫裡生長著羊齒植物和荊棘；遠處的山坡上，浮動著一抹灰色的煙霧。

「順著這條沼地小徑慢慢走一會兒，就能到梅里琵了，」他說道，「也許您能撥出一小時的時間，讓我有幸把您介紹給我的妹妹。」

我首先想到的是，我應當去陪伴亨利爵士，可是隨後又想起了那一堆滿滿地堆在他書桌上的文件和證券，在這些事情上我肯定是幫不上他的，何況福爾摩斯還曾特意叮囑說，我應當對沼地上的鄰居們加以考察，於是我就接受了斯特普爾頓的邀請，一起轉上了小路。

「這片沼地可眞是個奇妙的地方，」他說道，一面向四周環顧。起伏不平的丘原，像是綿延不絕的綠色波浪；參差不齊的花崗岩山巓，仿佛是被浪濤激起的奇形怪狀的水花。「您永遠也不會對這沼地感到厭煩，您無法想像沼地裡隱藏著多少奇異的秘密，它是那麼廣大，那麼荒涼，又是那麼的神秘。」

「那麼說，您對沼地一定很瞭解囉？」

「我在這裡才住了兩年，當地居民還稱呼我爲新來的呢，我們比查理斯爵士來得晚些。但是我的興趣促使我去觀察這鄉間的每一部分，所以我想很少有人能比我對這裡知道得更清楚了。」

「要想把這裡搞清楚是很難的事吧？」

「非常難。您要知道，比如說吧，北面的這一大片平原，中間突起幾座奇形怪狀的小山，您能看得出來有什麼特殊之處嗎？」

「這倒是片難得的縱馬馳騁的好地方。」

「您自然會這樣想，可是到現在爲止，這種想法已經不知葬送了多少人的性命了。您看得見那些一塊塊密密分佈在上面的嫩綠色草地嗎？」

「是啊，它們看上去似乎要比其他地方更肥沃些。」

斯特普爾頓放聲大笑起來。

「那就是大格林溢泥沼，」他說道，「不論是人還是動物，在那裡只要邁錯一步，就會喪命。就在昨天，我還看到一匹沼地的小馬跑了進去，牠再也沒有出來。我看

到牠探頭在泥坑裡掙扎了好一段時間，最後終於還是陷了進去。即使是在乾燥的季節，穿過那裡也是危險的。下過這幾場秋雨之後，那裡就更加可怕了。可是我就有辦法能進到泥潭最中央的地方，而且還能活著回來。天哪！又是一匹倒楣的小馬陷進去了。」

這時，我看到綠色的苔草叢中，有團棕色的東西正在上下翻滾，脖子扭來扭去地向上伸著，一陣陣痛苦的哀鳴聲在沼地裡四處迴盪。我嚇得渾身發冷，可是我的同伴似乎比我要堅強些。

「完了！」他說道，「泥潭已經把牠吞沒了。兩天之內就葬送了兩匹，今後，不知道還會陷進多少匹去呢；因爲在旱季裡牠們已經習慣於跑到那裡去，牠們在被泥潭纏住以前是不會知道那裡天旱和雨後的不同的。格林盜大泥潭眞是個糟糕的地方。」

「您不是說您能穿得過去嗎？」

「是啊，有一兩條小路，只有動作很靈敏的人才能走得過去，我已經找到它們了。」

「可是，您爲什麼想走進這種可怕的地方去呢？」

「啊，您看到那邊的小山了嗎？那裡眞像是被這泥潭隔絕多少年的孤島。如果您能有辦法到那裡去的話，那才是稀有植物和蝴蝶生長的寶庫呢。」

「哪天我也去碰一碰運氣。」

他帶著一種驚訝的表情望著我。

「看在上帝的份上打消這個念頭吧，」他說道，「那樣就等於是我殺了您。我敢說您連半點生還的機會都沒有，我是靠著記住某些錯綜複雜的地標才能到那裡去的。」
「天哪！」我喊了起來，「那是什麼？」
一聲又長又低、淒慘得無法形容的呻吟聲傳遍了整個沼地，它充斥在整個空間，可是又無法說出是從哪裡發出來的。開始是含混的嘟囔，然後發展成深沉的吼叫，再後來又變回一種憂傷而有節奏的哼哼。斯特普爾頓帶著一種好奇的神情注視著我。
「沼地眞是個奇怪的地方！」他說。
「但這到底是什麼聲音呢？」
「農夫們說是巴斯克維爾的獵犬在尋找牠的獵物。我以前也曾聽到過一兩次，可是聲音從沒有這麼大過。」
我心裡害怕得發抖，一面環顧四周點綴著一片片綠色樹叢且起伏不平的原野。在廣闊的原野上，除了一對大烏鴉在我們背後的岩崗上呱呱大叫之外，沒有任何東西在走動。
「您是個受過教育的人，想必不會相信這些無稽之談吧？」
我說道，「您認爲這種奇怪的聲音是從什麼地方發出來的呢？」
「泥潭有時也會發出奇怪的聲音來的。污泥下沉或是地下水往上冒，或是別的什麼原因。」
「不，不，那是一種動物發出的聲音。」
「啊，也許是吧。您聽過鷺鷥叫嗎？」

「沒有，從來沒有聽過。」

「目前在英倫，這是一種很稀有的鳥——幾乎已經絕種了——可是在沼地裡也許還有。是的，即使剛才我們聽到的就是即將絕跡的鷺鷥叫聲，我一點也不覺得奇怪。」

「這眞是我一生中所聽到過的最可怕、最奇怪的聲音了。」

「是啊，這裡簡直是個集神秘現象之大成的地方。請看小山那邊，您說那是些什麼東西？」

整面陡峭的山坡上都是用灰色石頭圍成的圓圈，至少有二十堆。

「那是什麼，是羊圈嗎？」

「不，那是咱們可敬的祖先的住處。史前人類有很多聚居在沼地裡，因爲從那時以後再沒有人在那裡住過，所以我們看到的每一處細小的佈置仍然和他們離開房子前一模一樣。那些是史前人的小屋，屋頂已經不見了。如果您有心到裡面走一遭的話，您還能看到他們的爐灶和床呢。」

「簡直有市鎮的規模呢。到什麼時候還有人住過呢？」

「大約在新石器時代——沒有確實的年代可考。」

「他們那時做些什麼呢？」

「他們在山坡上放牧牛群，當青銅製作的刀具開始取代石斧的時候，他們就學會了開掘錫礦。您看對面山上的那些大壕溝，那就是挖掘的遺跡。是的，華生醫生，您將會慢慢發現沼地一些非常特別的地方的，噢，對不起，請等一會兒！一定是庫克羅派斯飛蛾。」

一隻不知是蠅還是蛾的東西穿過我們所在的小路，翩翩地飛了過去，眨眼之間斯特普爾頓就以罕見的爆發力和速度撲了過去。那隻小動物一直向大泥潭飛了過去，使我大吃一驚的是，我的朋友腳步沒有絲毫停頓，揮舞著他那綠色的網兜，在一叢叢小樹間跳躍前行。他那身灰色的衣服，加上猛然縱跳、迂迴前進的動作，使他自己看上去也宛如一隻巨大的飛蛾。我懷著複雜的心情站在那裡望著遠去的背影，既羨慕他那敏捷異常的動作，又擔心他會在那深淺莫測的泥潭裡失足。由於聽到了腳步聲，我轉過身來，看到在離我不遠的路邊有一個女子，她從的一抹煙霧中冒出來，這說明她是從梅里琵宅邸的方向來的，因爲一直被沼地的低窪處遮著，所以直到走得很近時我才發現。

我相信這位就是我曾聽說過的斯特普爾頓小姐，因爲在沼地裡很少有女性，而且我還記得曾聽人把她形容成是個美人。向我走過來的這個女人，的確是可以歸入非比尋常的一類。兄妹相貌的不同，大概再也沒有比這更顯著的了。斯特普爾頓的膚色適中，長著淡色的頭髮和灰色的眼睛；而她的膚色呢，比我在英倫見過的任何深膚色的女郎都更深，身材修長，儀態萬千。她生就一副高傲而美麗面孔，五官那樣標緻，要不是配上多情的雙唇和美麗而又熱切的黑色雙眸的話就會顯得冷漠了。完美的身段配上高貴的衣著，她看上去就像是寂靜的沼地小路上的一個怪異幽靈。在我轉過身來的時候，她的目光正注視在她哥哥的身上，隨後她就快步向我走了過來。我摘下帽子，正想說幾句解釋的話，她的話卻把我的思路引向一個新的方向。

「回去吧！」她說道，「立刻回倫敦去，馬上就走。」

我驚訝得一時沒有反應過來，只能發愣地盯著她。她的眼睛對我放射著火一般灼烈的光芒，一隻腳不耐煩地在地上拍打著。

「我爲什麼應該回去呢？」我問道。

「我不能解釋。」她的聲音低微而懇切，發音帶有奇怪的捲舌，「可是看在上帝的份上，照我請求您的那樣去做吧。回去吧，再也不要到沼地裡來。」

「可是我剛剛才到這裡啊！」

「您這個人啊，您這個人哪！」她叫了起來，「難道您看不出來這個警告是爲您好嗎？回倫敦去！今晚就動身！無論如何也要離開這個地方！噓，我哥哥來了！對我說過的話，一個字也不要提。勞駕您把杉葉藻那邊的那枝蘭花摘給我好嗎？在我們這片沼地上蘭花很多，但是顯然，您來得太遲了，已

經看不到這裡的美麗之處了。」

斯特普爾頓放棄追捕那隻小蟲，回到我們身邊，由於勞累而大口喘著氣，面孔漲得通紅。

「啊哈，貝瑞！」他說道。在我聽來他那打招呼的語調並不熱誠。

「啊，傑克，你很熱吧？」

「嗯，我剛才追一隻庫克羅派斯大飛蛾來著，那個品種非常稀有，而且在晚秋季節很少見到。可惜我竟然讓牠跑掉了！」他漫不經心地說著，可是他那明亮的小眼卻不住地在我和那女子的臉上看來看去。

「我看得出來，你們已經自我介紹過了。」

「是啊，我正和亨利爵士說，他來得太晚了，已經看不到沼地眞正美麗之處了。」

「啊，你以爲這位是誰呀？」

「我想一定是亨利・巴斯克維爾爵士。」

「不，不，」我說道，「我不過是個卑微的普通人，是爵士的朋友，我是華生醫生。」

一陣因懊惱而引起的紅暈掠過她那表情豐富的面頰。「我們竟然在誤會之中談起天來了。」她說道。

「啊，沒關係，你們談話的時間並不長啊。」她哥哥說話時仍然帶著懷疑的眼光看著我們。

「我沒有把華生醫生當作客人，而是像對一個本地住戶一樣地和他談話，」她說道，「對他說來，蘭花開得早晚是沒多大關係的。可是來吧，您不看一看我們在梅里琵的房子嗎？」

沒有走多遠，我們就來到一座孤零零地坐落在沼地上的房子，在從前當地繁榮的時候這裡是一些牧人的農舍，如今經過重新修繕，已經變成一幢新式的住宅了。房子四周被一片果園環繞著，可是那些果樹就像沼地裡常見的那樣，因爲缺乏養分而長得十分矮小，整個地方都顯出一種陰鬱的氣氛。一個相貌怪異、乾癟瘦小的老男僕帶我們進去，他衣著陳舊，看起來和這所房子很相配。但是房子裡面相當寬敞，而且佈置得整潔高雅，我似乎能看出女主人的不凡品味。我望著窗外那綿延無際的、散佈著花崗岩的沼地，毫無間斷地向著遠方的地平線起伏而去，不禁感到奇怪，是什麼原因使得這位受過高深教育的男子和這位美麗的女士到這種不毛之地定居呢？

「選了個怪裡怪氣的地點，是不是？」他像回答我心中的疑問似地說，「但我們竟能過得很快活，不是嗎，貝瑞？」

「相當快活。」她附和著，可是語調卻顯得很勉強。

「我曾經辦過一所學校。」斯特普爾頓說道，「是在北方，對我這種性格的人來說，那種工作不免過於枯燥乏味，但能夠和青年人生活在一起，幫助培養那些青年人的心智成長，並用個人的品行和理想去影響他們，這對我來說是很可貴的。無奈我們的運氣不好，學校裡發生了嚴重的傳染病，死了三個男孩，經過這次打擊，學校再也沒有恢復起來，我的資金大半也無可挽回地賠了進去。可是，如果不是因爲失去了與那些可愛的孩子們同居共處的樂趣，我大可以把這段不幸的經歷置於腦後。因爲我對動物學和植物學有著強烈的興趣，在這裡我發現了無窮無盡的素材可供我進行研究，而且我妹妹也和我一樣對大自然情有獨鍾。所有這一切，華生醫生，在觀察我們窗外沼地的時候都已鑽進了您的腦海，並由您的表情流露了出來。」

「我確實曾在腦子裡閃過這樣的念頭，這裡的生活可能有些乏味——也許對您來說，比對您妹妹還稍微好些。」

「不，不，我從沒感到過乏味。」她趕快說道。

「我們有書，有我們的研究工作，而且我們還有著有趣的鄰居。莫蒂默醫生在他那個領域裡是個最有學問的人了！可憐的查理斯爵士也是可親的同伴。我們和他相知甚深，對他抱有無法用語言表達的深切懷念。您認爲我今天下午去拜訪一下亨利爵士，是否會有些冒昧呢？」

「我相信他一定會很高興見到您的。」

「那麼，最好您順便幫我提一聲，就說我打算這樣做吧。也許在他適應這新環境以前，我們能略盡綿薄，以使他更方便些呢。華生醫生，您願意上樓參觀一下我收集的鱗翅類昆蟲嗎？我想在英格蘭西南部地區這算得上是收集得最完整的一套了。等您看完，午飯也就差不多準備好了。」

可是我急於要回去看我的委託人。陰慘的沼地，不幸小馬的喪命和那與巴斯克維爾獵犬的可怕傳說聯繫在一起的、令人毛骨悚然的聲音，所有的事情都使我的思緒蒙上了一層陰鬱的色彩。

浮現在這些模糊印象之上的，還有斯特普爾頓小姐清楚、肯定的警告。她當時的態度是那樣的誠懇，使我不得不相信在這警告背後必然有著嚴重而深刻的理由。我委婉但堅決地謝絕了留我吃午飯的邀請，立刻起身踏上歸途，沿著來時的那條長滿野草的小路走了回去。

似乎熟路的人總能找到捷徑似的，在我還沒走上大路的時候，我就吃驚地看到斯特普爾頓小姐正坐在小路旁的一塊岩石上。由於剛經過劇烈的運動，她的臉上泛著美麗的紅暈，兩手叉著腰。

「爲了截住您，我一路跑了過來，華生醫生，」她說道，「甚至連帽子都沒有來得及戴。我不能在此久留，否則我哥哥會掛念我的。我只想對您說，對我所犯的愚蠢錯誤我非常抱歉，我竟把您當成了亨利爵士。請把我說過的話忘掉吧，這些話與您沒有任何關係。」

「可是我忘不掉，斯特普爾頓小姐，」我說，「我是亨利爵士的朋友，

我非常關心他的幸福。告訴我，爲什麼您那麼急切地認爲亨利爵士應當回到倫敦去呢？」

「不過是女人的一時之念罷了，華生醫生。等您對我瞭解得更深一些的時候，您就會知道，我對自己的言行並不是總能說出個道理來的。」

「不對，不對。我還記得您那發抖的聲調，我還記得您那時的眼神。請您坦白地告訴我，斯特普爾頓小姐，打從我來到這裡，我就感到周圍都是疑團。生活已經變得像格林盆泥沼那樣，到處都是小片小片的綠地，人們會在那裡陷入地裡，卻沒有嚮導能爲他指出一條脫身之路。告訴我您究竟是什麼意思，我保證一定把您的警告轉達給亨利爵士。」

有那麼一剎那，她臉上閃過一絲猶豫的表情，可是當她回答我的時候，她的眼神變得堅定起來。

「您想得太多了，華生醫生，」她說道，「我哥哥和我都對查理斯爵士的猝然棄世感到非常震驚。我們和這位老人相知甚深，因爲他最喜歡穿過沼地到我們的房子這邊來散步。他深深地承受著籠罩在他家族頭上的厄運影響。在悲劇發生後，我自然感覺到，他所表現出的恐懼絕非毫無理由。現在，當這個家族又有一位成員到這裡定居的時候，我感到擔心，因此我覺得，對於可能再次降臨在他身上的危險，應該提出警告來。這就是我想傳達給他的全部意思。」

「可是，您所說的危險是什麼呢？」

「您知道那個獵犬的故事吧？」

「我不相信無稽之談。」

「可是我相信。如果您能對亨利爵士有一些影響力的話，就請您將他從這個總是爲他們家帶來不幸的地方帶走吧。世界這麼大，爲什麼他偏偏願意住在這個危險的地方呢？」

「正因爲這是個危險的地方，他才到這裡來住的，亨利爵士的性格就是這樣。除非您能提供給我一些比這更具體的情況，否則，要想說服他離開這裡恐怕不太可能。」

「我再也說不出什麼具體的東西來了，因爲我根本就不知道任何具體的東西。」

「我要再問您一個問題，斯特普爾頓小姐。如果說，您當初和我說的時候沒有別的用意的話，爲什麼您不願讓您哥哥聽到您的話呢？這裡面並沒有值得他或是任何人反對的地方啊。」

「我哥哥非常希望這座莊園能有人住下來，因爲他認爲這樣對沼地上的窮人們會有些好處。如果他知道我說了什麼可能會導致亨利爵士離開這裡的話，他會大發雷霆的。現在我已盡到了我的責任，不會再多說什麼了。我必須回去了，否則他看不見我，就會懷疑我是來和您見面了。再見！」她轉身走去，幾分鐘之後就消失在亂石之中了，而我，帶著滿腹莫名的恐懼繼續趕往巴斯克維爾莊園。

第8章 — 華生醫生的第一份報告

放在我桌子上的這些信都是寄給夏洛克・福爾摩斯的。等這件案子了結後，我要按照事情發展的進程把它們一一抄錄保存。雖然其中一頁已經遺失，但我深信這些信的內容與事實絕無不同。在我的記憶中，這些悲劇性的事件歷歷在目，永難磨滅，但這些信件還是更準確忠實地反映了我當時設身處地的感覺和疑慮。

寄自巴斯克維爾莊園

十月十三日

親愛的福爾摩斯：

我先前發出的信和電報，想必已使你及時地瞭解在這個世界上最荒涼的角落裡發生的一切。一個人在這裡待得時間愈長，就愈能深入地沉浸到沼地的神魂之中，體會到它的廣大無際，還有它那可怕的魔力。當你一旦進入到沼澤地的中心，你就把所有現代英國文明的印痕統統抛在身後；可是另一方面，史前人類工作或居住過的遺跡卻隨處可見。在你散步的時候，四周都是這些被遺忘的人們的房屋，他們的墳墓，和一些應該是標誌廟宇位置的粗大石柱。當你望著那些在斑駁山坡上用灰色岩石搭建的小屋時，你簡直會忘記你所置身的年代，而如果你竟然看到從低矮的門洞裡鑽出一個身圍獸皮、長滿長毛的人，將燧石箭頭的箭搭在弓弦上，你會感到他的出現比你本人在這裡還要更自然些。奇怪的是，在這片堪稱不毛之地的貧瘠土地上，他們居然如此稠密地居住在一起。我不是考古學家，但我可以想像得出，他們都是一些不喜爭鬥而飽經蹂躪的種族，被迫接受了這塊誰也不願居住的土地。

顯然這些和你派我來這裡的目的毫無關係，甚至，在你這種極端務實的人心裡，可能還會感到十分乏味。我還回想起在那次人們爭論究竟是太陽繞著地球轉還是地球繞太陽轉時，你那種事不關己的態度。因此，還是讓我趕快回到有關亨利・巴斯克維爾爵士的事情上吧。

如果說你最近幾天沒有收到任何報告的話，那是因為一直都沒有什麼值得報告的重要情況發生。然而，隨後就發生了一件非常驚人的大事，我現在就把這件事原原本本地告訴你。但首先，我得使你對一些與此事件相關的其他因素有所瞭解。

其中之一與我很少提到的那個逃進沼地裡的逃犯有關。現在已完全可以確信，他已經遠走高飛了，這對本地區零散分佈的居民來說，可說大大地鬆一口氣了。從他越獄以來已有兩星期過去了，這期間沒有人看見過他，也沒有聽到過關於他的消息。實在很難想像，他在這段時間裡能始終堅持躲藏在沼地裡。當然，單單想在沼地裡隱藏形跡一點兒也不困難，任何一座小石頭房子都可以為他提供藏身之所。可是，沼地裡什麼吃的東西都沒有，除非他能跑得過沼地裡的野羊，抓上一隻充饑。因此我們認為，他已經逃走了，而那些居住偏遠的農夫們也可以安穩地睡個覺。

我們有四個身強力壯的男人住在房子裡，因此我們能好好地照顧自己。可是老實說，我一想起斯特普爾頓那一家，心中就感到不安。他們住的地方方圓數英里內杳無人跡，孤立無援，家中只有一個女僕、一個上了年紀的男僕，還有就是女孩和她的兄長，而這個哥哥也談不上強壯。萬一像那個瑙亭山逃犯之類的亡命之徒闖上門去，他們真要束手無策呢。亨利爵士和我都很關心他們的情況，並且還曾建議讓馬夫波金斯到他們那邊去睡，可是斯特普爾頓卻不以為然。

事實上，咱們的朋友——這位準男爵，已經開始對我們的芳鄰表現出相當大的興趣。這毫不稀奇，在這樣一個與世隔絕的鄉下地方，像他這樣活潑好動的人，實在不知道怎樣才能打發時間，而她又是個很有魅力的美麗女子。在她身上，有著一種熱帶的異國情調，這一特點和她哥哥的冷靜內向形成了奇特的對比，不過，他偶爾也會使人感覺到，在他的內心潛藏著火一般的激烈情感。他在他妹妹心中肯定具有舉足輕重的份量，因為我曾注意到，她在說話的時候眼神不斷地望向他，好像她說的每句話都需要徵求他同意似的。我相信他待她很好。他的兩眼炯炯有神，薄薄的嘴唇線條分明，這些特點往往顯示出一種獨斷甚至可能是粗暴的性格。你一定會感到他是個很有趣的研究目標的。

在我們到達的第一天他就來巴斯克維爾拜訪，第二天早晨，他又帶領我們兩人去看傳說中放蕩的雨果出事的地點。我們在沼地上走了好幾英里，來到一個極其荒涼的地方，任何人到了這種地方，都很可能觸景生情，編造出那樣的故事來。我們在兩座亂石崗中間發現了一道短短的山溝，順著這條山溝走過去，就到了一片開闊而多草的空地，到處都長著白棉草。空地中央矗立著兩塊大石頭，頂端已被風化得成了尖形，看上去就像某種巨獸磨損了的大獠牙。這裡的景象確實和傳說中那古老悲劇發生時的情景相吻合。亨利爵士興致很高，一再向斯特普爾頓詢問，是否他真的相信妖魔鬼怪可能會干預人類的事。他說話的時候，儘量做出輕描淡寫的樣子，可是顯而易見，他內心是非常認真的。斯特普爾頓回答得相當謹慎，但很容易看出他有所保留，也許是考慮到對準男爵情緒的影響，他沒有把自己的意見全部表白出來。他告訴了我們一些類似的事件，說有些家庭也曾遭受過惡魔的騷

擾，他的回答給我們留下這樣的感覺，在這件事上，他的看法和一般人沒什麼兩樣。

在歸途中我們在梅里琵莊園逗留了一下，在那裡吃了午飯，亨利爵士和斯特普爾頓小姐就是在那裡結識的。打從看到她的第一眼起，亨利爵士似乎就被她強烈地吸引住了，而且我敢打賭，這種愛慕之情還絕非一廂情願。在我們回家的路上，他還一遍又一遍地提起她。從那天起，我們幾乎每天都和他們兄妹見面。今晚他們就在這裡和我們共進晚餐，而且提起下禮拜輪到我們到他們那裡去。人們一定會以為，這樣匹配的一對如果能夠結合，斯特普爾頓一定會非常歡迎的，可是我卻不止一次看到，每當亨利爵士對他妹妹略顯殷勤的時候，斯特普爾頓的臉上就流露出極為強烈的反感。他無疑非常喜歡她，沒有了她，他的生活會更加寂寞，可如果他竟因此而阻礙她如此完美的姻緣，那也未免太過自私了。我敢肯定地說，他並不希望他們的親密關係發展成愛情，而且我還多次發現，他想盡方法避免使他倆有「單獨聊天」的機會。嗯，你曾指示過我，永遠不要讓亨利爵士獨自出門，可是現在除了我們原有的諸多困難之外又摻雜進愛情的問題，事情就更不好辦了。如果我按照你信中的指令堅決執行的話，我不久就會名聲掃地的。

那一天——更準確地說是星期四——莫蒂默醫生和我們一起吃午飯，他在長崗地方發掘了一座古墳，弄到了一具史前人類的顱骨，興奮得不得了。真沒有見過像他這樣心誠狂熱的愛好者！後來斯特普爾頓兄妹也來了，在亨利爵士的請求下，那位好心腸的醫生帶我們去了

水松夾道，為我們現場解說查理斯爵士出事的那天晚上，事情發生的全部經過。水松夾道是一條漫長而又陰森的步行道，夾在兩行高高的剪修整齊的樹籬中間，道路兩旁各有一片狹長的草地，盡頭處有一座老舊破敗的涼亭。那扇開向沼地的小門正在夾道中間，老紳士曾在那兒留下了雪茄菸灰，那是一扇裝有門閂的白色木門，外面就是廣闊的沼地。我還記得你對這件事的看法，就在心中試著描繪所有事情發生時的情景。當老人站在那裡的時候，他看見有什麼東西穿過沼地向他跑來，那東西把他嚇得驚慌失措，沒命地奔跑起來，直到極度恐懼和精疲力竭使他倒地而死為止。他就是順著這條狹長而陰森的夾道奔跑的。可是，是什麼東西使他掉頭逃跑呢？是沼地上的一隻看羊狗？還是一隻無聲無息黑色鬼怪似的大獵狗呢？是有人在暗中搞鬼嗎？是不是那白皙而警覺的巴瑞摩還知道更多的情況沒有說出來呢？一切都顯得撲朔迷離，可是我總覺得幕後有著罪惡的陰影。

自從上次給你寫信以後，我又遇到了另一位鄰居，就是賴福特莊園的弗蘭克蘭先生，他住在我們南面大約四英里遠的地方。他是一位上了歲數的老人，紅臉龐，滿頭白髮，性情暴躁。他對大不列顛的法律有著奇特的癖好，把大量的錢財花費在訴訟官司上。他與人爭訟，不過是為了獲得爭訟的快感，至於立場站在哪一面則全都一樣，難怪他要感到這是個費錢的玩意兒呢。有時他隔斷一條道路並公然抗拒教區要他開放的命令，有時竟又親手拆毀別人的大門，並聲言很久很久以前這裡就是一條通路，反駁原主對他提出的侵害訴訟。他精通舊采邑權法和公共權利法，時而利用他的知識維護弗恩沃西村居民的利益，時而又用它來反對他們。因此，根據他所做的事，他不是被人勝利地抬起來走過村中的大街，就是被人做成草人燒掉。據說目前他手中還有七宗未了的訟案，說不定這些訟案會耗盡他僅餘的財產，讓他像一隻被拔掉毒刺的黃蜂一樣不再為害於人呢。如果把法律問題撇開不談，他倒像是個和藹可親的人。我對他不過是順帶一提而已，因為你曾特別囑咐過我，應該寄給你一些對我們周圍人情況的描述。他現在正在古裡古怪地忙碌著，作為一個業餘的天文學愛好者，他有一架挺棒的望遠鏡，他把它安設在自己家的屋頂上，整晚伏在上面，用它向沼地上瞭望，希望能發現那個逃犯的蹤跡。如果他能把精力都花費在這件事上，那麼一切也就都能太平無事了，可是有傳言說，他現在正想以未得死者近親的同意而私掘墳墓的罪名起訴莫蒂默醫生。因為莫蒂默從長崗一帶的古墓裡挖出了一具新石器時代人的顱骨。這位弗蘭克蘭先生確實有助於打破我們生活的單調，並在最需要的時候使我們得到一些聊以調劑的小樂趣。

現在，已經陸續為你介紹了逃犯、斯特普爾頓一家、莫蒂默醫生和賴福德莊園的弗蘭克蘭。最後，也是最重要的，讓我再多告訴你一些有關巴瑞摩一家的情況，尤其是在昨天晚上，事情有了驚人的發展。

第一件就是關於你由倫敦發來的那封為了證實巴瑞摩確實待在這裡的試探性電報。我已向你解釋過，郵政局長的證詞表明那次試探是徒勞無功的，咱們什麼也沒能證明。我把事情的真相告訴了亨利爵士，他按照他一貫直截了當的作風，立刻把巴瑞摩叫了過來，問他是否親自接收了那封電報。巴瑞摩說是的。

「那孩子親手交給你的嗎？」亨利爵士問道。

巴瑞摩好像有些驚訝，他稍稍考慮了一會兒。

「不是，」他說道，「當時我在樓上小屋裡，是我妻子給我送上來的。」

「是你親自回的電報嗎？」

「不是，我告訴了我妻子應當怎樣回答，她就下樓去寫了。」

當晚，巴瑞摩又重新提起和他對證的這件事。

「我不大明白，今天早晨您提出那問題來的目的何在，亨利爵士，」他說道，「我想，這不會意味著，因為我做的什麼事而使您失去對我的信任了吧？」

亨利爵士這時不得不向他保證說絕無此意，並且為了安撫他，把自己好大一堆舊衣服都送給了他。因為在倫敦新置辦的東西已經全部運到了。

巴瑞摩太太引起了我的注意，她生得胖而結實，很拘謹，極為可敬，幾乎是帶著清教徒式的嚴峻，你很難想像出一個比她更不容易動感情的人來了。可是我曾告訴過你，在我到這裡來的第一天晚上，我就聽到過她傷心的啜泣聲，從那以後，我不止一次地觀察到她臉上帶有淚痕，有某種沉重的悲哀在噬齧著她的心。有時我在想，是否她心中懷有什麼內疚，有時我又懷疑巴瑞摩也許是個家庭的暴君，我總覺得在這個人的性格裡有著不同尋常、值得懷疑的東西，可是昨晚的冒險經歷把我所有的猜疑都帶到了即將解開的關鍵時刻。

也許這件事本身是微不足道的。你知道，我是個睡眠不太安穩的人，加上在這所房子裡我要時常保持著警覺，所以我的睡眠比平常還要不踏實。昨天夜裡，大約在凌晨兩點鐘的時候，我被屋外悄悄走過的腳步聲驚醒了。我爬了起來，打開我的房門，偷偷地往外瞧，有一條長長的黑影投射在走廊的地上。那是一個手裡拿著蠟燭、輕輕地沿著廊道走去的身影，他穿著襯衫長褲，赤著雙腳。我只能勉強看到他身體的輪廓，可是，由那體形可以看出，這人就是巴瑞摩。他走得很緩慢，很小心，一舉一動給人一種難以形容的鬼祟感覺。

我曾經對你說過，那環繞大廳的走廊是被一段陽臺所隔斷的，可是在陽臺的另一側又繼續下去了。我一直等到他走到不見了以後才又跟蹤上去，當我走近陽臺的時候，他已走到走廊的盡頭了，我能看到從一扇開著的門裡透出來的微弱亮光，知道他已走進了一個房間。由於這些房間現在既沒有傢俱也沒有人住，所以他的舉動就愈發顯得詭譎了。燈光很穩定，似乎他是一動也不動地站著，我躡手躡腳地沿著走廊走過去，儘量不發出一點聲音，躲在房門的一角，偷偷向屋裡張望。

巴瑞摩正彎腰站在窗前，手舉著蠟燭，湊近窗戶玻璃，頭部側對著我，當他向著漆黑的沼地注視的時候，表情顯得焦急而嚴肅。他站在那裡專心致志地觀察了幾分鐘，然後深深地嘆了一口氣，以一種不耐煩的手勢弄滅了蠟燭。我馬上溜回自己的房間，沒有多久就傳來了悄悄回去的腳步聲。過了很久以後，當我剛要朦朧入睡時，我聽到什麼地方有用鑰匙轉動鎖頭的聲音，可是我說不出聲音來自何方。我猜不出這些都意味著什麼，可是在這陰森森的房子裡正在進行著一件隱秘的事，我們遲早會把它弄個水落石出的。我不願拿我的看法來打擾你的思路，因為你要求我只須提供事實。今天早晨我曾和亨利爵士長談了一次，在我昨晚所觀察的基礎上，我們訂定了一個行動計畫。我現在還不打算談，可是它一定會使我的下一篇報告讀起來趣味盎然的。

第9章 — 沼地裡的火光（華生醫生的第二份報告）

寄自巴斯克維爾莊園
十月十五日

我親愛的福爾摩斯：

如果說在我承擔這項任務的頭幾天，處在一種無奈的情況下，無法為你提供多少資訊的話，你應該可以感覺到，我現在正努力把失去的時間彌補回來。而且現在，我們周圍的事件其發展也開始加快，變得緊湊起來。在我上一篇報告裡，我把高潮結束在巴瑞摩站在窗前的那一刻，而現在，除非我大錯特錯，我確信已經得出了足以使你大吃一驚的推斷。事件發生了一百八十度的大轉彎，完全出乎我的意料。從許多方面看來，在過去四十八小時裡，事情已經變得相當清楚了，但是從另一些方面來看，又似乎變得更為複雜。我現在就把所有情況都告訴你，讓你自己去加以判斷吧。

在我經歷了那次奇怪的發現後，第二天便利用早飯前的時間，我又穿過走廊，檢查了一遍昨天夜晚巴瑞摩去過的那間房間。我發現西面的窗戶——就是他曾經非常專注地向外張望的那一扇——和屋裡其他窗戶有一點顯著的不同，它面向沼地，而且與沼地距離最近，從這裡望去，穿過兩棵樹之間的開闊地帶，整個沼地盡收眼底，而其他任何視窗都只能遠遠地看到沼地一角。由此可以推論，巴瑞摩一定是在沼地上尋找什麼東西或是什麼人，因為只有這扇窗戶可以滿足他此種目的。那天夜裡非常黑暗，因此我很難想像他真能指望看到什麼。我忽然想到，這可能與某件正在悄悄進行的私情有關，這樣一來，他這種鬼鬼祟祟的行動和他妻子那緊張兮兮的神情就都可以得到解釋。這傢伙算得上一表人材，足以使一個鄉下女子為他傾心，因此這一推論看上去還是有幾分依據的呢。我回到自己房間以後聽到的開門聲，可能就是他出去趕赴秘密約會了。就這樣，整個早晨我都在反覆琢磨這件事，儘管結果也許證明這種懷疑是毫無根據的，我還是要把我懷疑的方向都告訴你。

但是，不管怎樣解釋巴瑞摩的行為才能算正確，我覺得，在我能解釋清楚之前，把這件事藏在心裡對我是個不小的負擔。因此在早飯後我到準男爵的書房和他會晤時，就把我見到的事情一五一十都告訴他了。可是他對此並不像我預想的那樣感到吃驚。

「我知道巴瑞摩在夜裡經常走動，我早想和他談一談這件事，」他說道，「有兩三次我聽到廊道裡傳出他的腳步聲，時間恰巧和您所說的差不多。」

「那麼，也許是他每天晚上都要到那扇窗戶前去一趟呢！」我提醒著。

「也許是。如果真是這樣，咱們倒可以跟蹤一下，看一看他究竟在幹什麼。我在想，如果您的朋友福爾摩斯在這裡的話，他會怎麼辦。」

「我相信他一定會像您現在建議的那樣採取行動，」我說道，「他會跟蹤巴瑞摩，並觀察他做些什麼。」

「那咱們就一塊幹吧。」

「可是，他肯定會發覺我們的。」

「這個人有點耳聾，再說，無論如何咱們也得抓住這個機會。今晚咱們就一起坐在我屋裡，等著他走過去。」亨利爵士興奮地搓著雙手，顯然他是期望來這麼一次冒險，調劑一下在沼地過於枯寂的生活。

準男爵已和曾為查理斯爵士制訂修繕計畫的建築師以及一個來自倫敦的營造商聯繫過了，因此，不久我們可能就會看到這裡將發生巨大的變化。裝修工人和打造傢俱的工匠將從普利茅斯專程請來。顯然，我們的朋友有著規模弘大的構想，決心為恢復家族的威望不辭辛苦，不惜代價。當這所房子被整修一新重新佈置後，他所欠缺的就只有一位夫人，就可以使這一切臻於完美了。在我們旁觀者眼裡，有足夠清晰的資訊可以看出，只要那位女士願意的話，這一天不會讓人等待太久的，因為我很少見到過一個男人對一位女士會像他對我們美麗的芳鄰斯特普爾頓小姐那樣著迷。然而，「真正的愛情」其發展往往不像人們所期望的那樣順利。比如說，今天，平靜的愛河表面就被一陣意想不到的波瀾所擾亂，給我們的朋友帶來很大的不安和煩惱。

在結束了我前文述及那段關於巴瑞摩的談話之後，亨利爵士戴上帽子準備出門，當然我也準備出去。

「怎麼，您也要去嗎，華生？」他問道，同時用一種怪怪的神情望著我。

「那取決於您是不是要到沼地裡去。」我說。

「是的，我是要到那裡去。」

「那麼，您知道我的職責所在。我很抱歉對您有所妨礙，可是您也聽到福爾摩斯是怎樣鄭重其事地堅持說我不應該離開您，尤其是您不能單獨一人到沼地去。」

亨利爵士帶著愉快的微笑把手放在我的肩膀上。

「我親愛的夥伴，」他說道，「福爾摩斯再聰明，也不能預見在我來到沼地以後所發生的一些事情。您明白我的意思嗎？我相信您絕不願意做一個敗壞別人興緻的人。我必須單獨出去。」

這使我處於非常為難的地位。我不知道該說什

麼，也不知道該怎麼辦才好。就在我躊躇不決的當兒，他已經拿起手杖走掉了。

將此事再三考慮之後，我感受到良心的譴責，因為我竟然找理由讓他脫離了我的視線。我可以想像，萬一由於我無視你的囑託而發生不幸，使我不得不回去向你表示懺悔，我的感受將會怎樣。說真的，一想到這裡我的臉就紅了。也許現在去追趕他還為時不晚，因此，我立刻就朝著梅里琵宅邸的方向出發了。

我以最快的速度沿著道路匆匆走去，直到走到進入沼地的小路分岔處才看到了亨利爵士。因為惟恐走錯方向，我爬上一座小山丘，從那裡我可以居高臨下地觀望一切——就是那座昏暗的採石場的小山。從那裡我馬上就看到他。他正在沼地的小路上走著，距我約四分之一英里遠，身旁還有一位女士，除了斯特普爾頓小姐還能是誰呢。顯然在他倆之間早已心照不宣，約好了在那裡相會。他們一邊沿著小路緩緩漫步，一邊深切地交談著。我看見她用手做著急促的手勢，好像非常認真地表白著什麼，而他則聚精會神地聽著，有一兩次搖著頭表示斷然不能同意的樣子。我站在亂石中間望著他們，茫然無從，不知道下一步應當怎麼辦。追上他們並打斷他們親密的交談似乎過於荒唐，但我的責任明確地要求我一時一刻也不要讓他們離開我的視線。像個間諜似的跟在一個朋友的後面，真是一件可憎的工作。但是，除了從山頭上觀察他，事後再向他坦白心跡以求原諒外，我實在想不出什麼更好的辦法。確實，如果當時有任何突然的危險威脅到他，我距離他太遠，根本無濟於事，可是我相信，你一定會同意我的看法，處在這樣的地位是非常困難的，而且我也不可能有什麼別的好辦法了。

咱們的朋友亨利爵士和那位女士又在小路上停下了腳步，站在那裡，完全沉浸在他們的交談當中，而此時我突然發覺，我並不是唯一一個看到他們會面的人。先是一團浮在空中的綠色物體引起了我的注意，再一看才知道那團綠色物體是裝在一根杆子的頂端，拿著那杆子的人正沿著坎坷不平的地勢移動著。原來那正是拿著捕蝶網的斯特普爾頓。他距那對情侶要比我近得多，而且他似乎是正在向他們的方向趕去。就在這時，亨利爵士突然將斯特普爾頓小姐拉近身旁，他的胳臂環抱著她，但從我的角度望去，她似乎要竭力從他手中掙脫，把她的臉扭向一邊。他低頭靠向她，可是她好像抗拒似地舉起一隻手。緊接著我看到他們跳了一下就分開了，並且慌忙地轉過身來，原來是受到了斯特普爾頓的打擾。他狂奔著向他們跑去，那隻捕蝶網在他身後不停地擺動著。

他在那對愛侶面前激動得手舞足蹈，

可是我想像不出這幅場景究竟意味著什麼。看樣子似乎是斯特普爾頓在指責亨利爵士，亨利爵士試圖解釋，但另一位不僅拒絕接受，反而更加暴跳如雷。那位女士則高傲而沉默地站在一旁。最後斯特普爾頓轉過身，用一種專橫的手勢招呼他的妹妹，而她，在猶豫不決地望了亨利爵士一眼之後，就和她哥哥並肩走了。那位生物學家憤怒的手勢說明，他對那位女士也同樣深感不滿。準男爵望著他們的背影站了一會，然後就慢慢地沿著來路往回走。他低著頭，一副失意的樣子。

我不知道這究竟是怎麼回事，但我深深為自己在我們的朋友毫無察覺的情況下，偷看到如此隱私的一幕而感到羞愧。我跑下山坡，趕在山腳下和準男爵相遇。他的臉因氣惱而漲得通紅，雙眉緊皺，就像是個手足無措、智窮才竭的人一樣。

「天哪！華生，您是從哪兒掉下來的？」他說道，「您不是真的尾隨著我來了吧？」

我把一切都解釋給他聽；我如何感到再不可能留在家裡，我如何跟蹤了他，以及我如何看到了所發生的一切。有那麼一會兒，他兩眼怒視著我，但是我的坦誠沖消了他的怒氣，他終於發出了充滿自悔的笑聲。

「我原以為曠野的中心是個不會被人發現，相當可靠的地方呢。」他說道，「可是天哪！就好像整個鄉下的人都跑出來看我求婚似的——而且還是這樣糟糕透頂的求婚！你找到的座位在什麼地方啊？」

「就在那座小山上。」

「那是很遠的後排呀，啊！但是她哥哥可真的跑到最前排來了。您看到他向我們跑過去了嗎？」

「是的，我看到了。」

「您曾經見過像他那樣發了瘋似的人嗎？——她那位好哥哥。」

「我敢說他平常不是這樣。」

「我可不敢肯定。直到今天為止，我一直認為他是個頭腦相當清醒的人，但是，請您相信我的話，不是他，就是我，總有一個該穿上捆瘋子用的緊身衣。可是，我到底是怎麼了？您和我相處也有幾個星期了，華生。現在，請你坦白地告訴我，我究竟有什麼不對的地方，使我不能成為我所熱愛的女人的好丈夫呢？」

「依我說，沒有。」

「他總不會反對我的社會地位吧，那麼，必定是因為我自身的缺點而使他憎惡我。他有什麼可反對我的地方呢?在我一生所認識的人們中，無論男女，我從沒有傷害過任何一個人。可是他竟連我碰一下她的手指尖都不允許。」

「他說過這樣的話嗎？」

「何止這話，他說過的還多著呢。我對您說，華生，我和她相識只有幾個禮拜，可是從一開始，我就覺得她好像是為我而創造出來的；而她呢，也有同樣的感覺——她和我在一起的時候很快活，對於這一點我敢發誓，因為女人的眼神是比語言的表白更為有力的。可是他從不讓我們待在一起，直到今天，我才第一次找到能和她單獨交談幾句的機會。她很高興見到我，可是和我見面之後，她又不願談到關於愛情的事，如果她能制止我的話，她甚至不許我談到愛情。她只是反覆地說，這裡是個危險的地方，除非我離開這裡，否則她永遠也不會快樂。我告訴她，自從我見到她以後，我再不急著離開這裡了，如果她真的想讓我走的話，唯一的辦法就是她設法和我一起走。

「我說了很多要求和她結婚的話，可是她還沒來得及回答，她的那位哥哥就出現了，他直衝的向我們跑來，臉上的神情就像個瘋子。他暴怒得臉色都變白了，連那淺色的眼珠裡也燃燒著怒火。我對那位女士做什麼了？我怎麼敢做使她不高興的事啊？難道我認為，因為自己是個準男爵，就可以為所欲為嗎？如果他不是她的哥哥的話，我有更好的辦法來對付他。當時我只對他說，我對他的妹妹是真心傾慕，對此我沒什麼可感到羞愧的，而且我還希望她能屈身做我的妻子。這番表白似乎也未能使事態有絲毫的好轉，於是後來我也失去了耐性，在回答他的時候也許有些言辭激烈，考慮到她就站在旁邊，我本來應該表現得更為理智一些。結果你都看到了，他和她一起走了，而我呢，簡直被弄得一頭霧水。華生，要是您能告訴我這是怎麼回事，那我對您真是要感激不盡了。」

我試著提出了一兩種解釋；可是，說實在的，連我自己也沒有弄清楚真正是怎麼一回事。以咱們朋友的身分、財產、年齡、人品和儀表來說，條件都是最優越的，除了圍繞在他們家族上的厄運之外，我簡直找不到任何他不利的地方。使人十分吃驚的倒是：斯特普爾頓如此粗暴地拒絕了他對他妹妹的追求，絲毫也不考慮那位女士本人的意願；而那位女士對此也竟然毫不反抗，坦然接受。

然而，我們的種種猜測、疑問隨著當天下午斯特普爾頓的親自來訪而打消了不少。他是專程來為自己早晨的粗魯態度道歉的。兩人在亨利爵士的書房裡私下交談了很長的時間，看得出談話基本彌合了兩人之間的裂痕，因為我們已答應下週五到梅裡琵去共進晚餐。

「我並不是說他現在就不是個瘋子了，」亨利爵士說道，「我忘不了今天早上他向我跑來時的那種眼神，可是我不得不承認，再沒有人道歉能像他這樣圓滿的了。」

「他可曾對他早晨的那種行為做出解釋？」

「他說他妹妹是他生活中的一切。這是很自然的事，而且我也很高興他能這樣看重她。他們一直生活在一起，而且正像他自己說的那樣，他是個非常孤獨的人，只有她陪伴著，因此，一想到將要失去她，他就會煩惱不堪。他說他本來並不認為我會愛上她，可是當他親眼看到擺在面前的事實，而且預感到我可能從他手中把她奪去的時候，對他打擊很大，以致他一時無法控制自己的言行。他對發生過的事感到非常抱歉，並且也認識到，把像他妹妹這樣美麗的女子留在自己身邊陪伴一生的想法是多麼的愚蠢和自私。如果她非得離開他不可的話，他也情願把她嫁給像我這樣的鄰居而不是其他的什麼人。可是無論如何，對他來說這畢竟是一個沉重的打擊，因此他還需要一些時間，以便他對這件事的來臨做好心理準備。如果我答應在三個月之內把這件事暫時擱置一下，在這期間只是培養與那位女士的友情而不強求她的愛，他會放棄所有的反對意見。這一點我答應了，於是事情也就平息下來了。」

我們那些小小的謎團中的一個就這樣弄清楚了。就好像當我們正在泥沼之中掙扎的時候，在什麼地方忽然觸到了底部的實地。我們現在明白了，為什麼斯特普爾頓那樣看不上他妹妹的追求者——即使那位追求者是像亨利爵士那樣合適的人選。

現在讓我再轉到從這團亂麻裡抽出來的另一條線索上去吧，就是那半夜傳來的哭泣聲，以及巴瑞摩太太滿面淚痕的秘密，還有男管家為什麼總要悄悄到西面玻璃窗前去的原因。祝賀我吧，親愛的福爾摩斯，你得承認，我沒有辜負你的囑託吧，你不會後悔在派我來的時候對我寄予的信任。一夜之間，所有的事情都水落石出了。

我說「一夜之間」，實際上是經過了兩夜的努力，因為頭一夜我們一無所獲。我和亨利爵士在他的房間裡一直坐到凌晨將近三點鐘，可是除了樓梯上方大鐘報時的聲音以外，我們什麼也沒有聽到。那真可算是最壓抑的一次熬夜經歷，最後我們倆都倒在椅子上睡著了。所幸的是我們並沒有因此灰心喪氣，並且決定再試一次。第二天夜裡，我們把燈光放小，坐在房間裡抽雪茄，不發出一點兒聲音。時間似乎過得特別慢，簡直令人難以置信，可是我們靠著獵人監視自己設的陷阱，希望要捕捉的獵物會不經意地踏上去時所必須具備的那份耐心和興趣熬了過來。鐘敲了一下，又敲了兩下，在絕望之中，我們幾乎都想再度放棄不幹了，就在這時，突然我倆猛地從椅子裡坐直身體，已經疲倦的所有感官又重新變得警覺敏銳了。我們聽到了廊道裡傳來咯吱咯吱的腳步聲。

我們摒聲靜氣，聽著那腳步聲走了過去，直到在遠處消失為止。然後準男爵輕輕地推開房門，我們開始跟蹤。那人已繞過了迴廊，廊道裡一片漆黑。我們躡手躡腳地跟著他，一直走到屋宅的另一側。我們只能隱約看到他那蓄著黑鬍的高大身影。他彎著身子，用腳尖輕輕地穿過廊道，後來就走進了上次進去過的那個門口，黑暗中蠟燭的微光映照出房門的輪廓，但隔著昏暗的走廊，我們只能看到一圈淡淡的黃色光暈。我們小心地邁著碎步往前走，在以全身重量踩上每條地板以前，都要先試探一下。為了保險起見，我們脫掉了鞋子，但即便如此，那陳舊的地板還是要在我們腳下不住地咯吱作響。有時我們都覺得，他不可能聽不到我們走近的聲音，所幸的是那人確實相當地耳背，而且他正在全神貫注地幹著自己的事。最後，我們終於走到了門口，偷偷望去，看到他正躬身伏在窗前，手裡舉著蠟燭，他那蒼白而聚精會神的面孔緊緊地壓在窗戶玻璃上，和我在前天夜裡所看到的完全一樣。

我們事先並未約定好行動計畫，可是準男爵這個人，總是相信最直接的辦法永遠是最自然的辦法。他徑直走進屋去，同時巴瑞摩猛地倒吸了一口涼氣，一下子就從視窗前跳開，面色灰白，渾身發抖地站在我們面前。他那漆黑的眼珠在蒼白如紙的臉上閃閃發光，帶著驚恐和猶疑的神情在我和亨利爵士的身上來回打量。

「你在這裡幹什麼呢，巴瑞摩？」

「沒幹什麼，爵爺。」強烈的驚恐不安使他簡直說不出話來了，由於他手中的蠟燭不斷地抖動，使得人影也不停地跳動著。「爵爺，我在夜間四處走走，看看窗戶是否都上了插銷。」

「二樓上的嗎？」

「是的，爵爺。所有的窗戶。」

「聽著，巴瑞摩，」亨利爵士嚴厲地說道，「我們已決心要讓你說出實話來，所以，你如果不想找麻煩，就趁早把真相說出來。現在，開始吧！不要說謊！你在那窗前幹什麼來著？」

那傢伙無助地望著我們，就像個陷入極端疑懼、痛苦的人似的，兩手扭絞在一起。

「我這樣做也沒有什麼害處啊，爵爺，我不

過是將蠟燭靠近了窗戶啊！」

「可是你為什麼要將蠟燭靠近窗戶呢？」

「不要問我，亨利爵士——不要問我！我對您說吧，爵爺，這不是我個人的秘密，我不能說出來。如果它只是我個人的事，與別人無關的話，我就不會對您隱瞞了。」

我突然靈機一動，從管家抖動著的手裡把蠟燭拿了過來。

「他一定是拿它作信號用的，」我說道，「讓我看看是否能得到什麼回答。」我也像他一樣地拿著蠟燭，注視著外面漆黑的夜晚。我只能依稀辨別出重疊的黑色樹影和顏色較淺的大塊沼地，因為月亮被雲遮住了。後來，我發出一聲興奮的呼喊，在正對著暗黑的方形窗框中央的遠方，透過漆黑的夜幕，忽然出現了一個極小的黃色光點。

「在那兒呢！」我喊道。

「不，不，爵爺，那什麼也不是——真的，什麼也不是！」那管家插嘴道，「我向您保證，爵爺——」

「把您的燈光移開窗口，華生！」準男爵喊了起來，「看哪，那個燈光也移開了！啊，你這個惡棍，難道你還要說那不是信號嗎？來吧，說出來吧！你的那個同夥是誰，正在進行著什麼陰謀？」

那傢伙竟公然擺出一副大膽無禮的面孔來。

「這是我個人的事，與您無關，我無可奉告。」

「那麼你馬上離開，不要在這裡幹事了。」

「好極了，爵爺。如果我該走的話我一定會走。」

「你是很不體面地離開的。天哪！你真該為自己感到羞恥！你們一家在這房子裡和我們家族一起生活了上百年，而現在我竟會發現你在處心積慮地搞什麼陰謀來害我。」

「不，不，爵爺，不是害您呀！」傳來了一個女人的聲音。

巴瑞摩太太正站在門口，臉色比她丈夫更加蒼白，樣子也更加惶恐。如果不是她臉上那驚恐的表情，她那穿著裙子、披著披肩的龐大身軀也許會顯得有幾分可笑呢。

「咱們一定得走，伊麗莎。事情該結束了。去把咱們的東西收拾一下吧。」管家說。

「喔，約翰！約翰！是我把你連累到這地步的，這都是我幹的，亨利爵士——全是我的事。是因為我的懇求，他是為了我才那樣做的。」

「那麼，就說出來吧，這究竟是怎麼回事？」

「我那不幸的弟弟正在沼地裡挨餓呢，我們不能讓他在我們的門口餓死。這燈光就是告訴他食物已準備好了的信號，而他那邊的燈光則是表明送飯地點的。」

「那麼你的弟弟是——」

「就是那個逃犯，爵爺——那個罪犯塞爾登。」

「這是實情，爵爺。」巴瑞摩說道，「我說過，那不是我個人的秘密，而且我也不能告訴您。可是，現在您已經聽到了，您會明白，即使這裡面有陰謀，也不是針對您的。」

這就是對於深夜潛行和窗前燈光的解釋。亨利爵士和我都驚異地盯著這個女人。這可能嗎？這位堅強而可敬的女人竟會和那聲名狼藉的罪犯是同一母親所生？

「是的，爵爺，我就姓塞爾登，他是我的弟弟。在他小的時候，我們把他慣壞了，什麼事情都隨著他的心思，弄得他認為世界就是為了使他快樂才存在的，因此他可以在這個世界裡為所欲為。他長大以後，又交上了壞朋友，於是他就變壞了，使我母親傷透了心，而且玷污了我們家的名聲。由於一再觸犯法律，他愈陷愈深，終於弄到了如果不是上帝仁慈的話，就會被送上斷頭臺的地步。可是對我說來，爵爺，他永遠是我這個做姐姐的曾經撫育過和共同嬉戲過，那個一頭捲髮的孩子。他之所以敢於越獄潛逃，爵爺，就是因為他知道我們住在這裡，而且我們也不可能不給他幫助。

有一天夜晚，他拖著疲憊而饑餓的身體到了這裡，獄卒在後面窮追不捨，我們還能怎麼辦呢？我們就把他領了進來，給他飯吃，照顧他。後來，爵爺，您回來了，我弟弟認為在風聲過去以前，他到沼地裡去比在其他任何地方都更安全些，因此他就到那裡隱藏起來。每隔一天晚上，我們就在窗前放一盞燈火，看看他是不是還在那裡，如果有信號回應的話，我丈夫就送一些麵包和肉給他。我們每天都希望他快點離開，可是只要他還在那裡，我們就不能不管他。這就是全部的實情，我是個誠實的基督徒，您能看得出來，如果這樣做有什麼罪過的話，都不能怨我丈夫，而應該怪我，因為他是為了我才做這些事的。」

那女人的話聽著十分誠懇，本身就足以證明這都是實情。

「這都是真的嗎？巴瑞摩？」

「是的，亨利爵士。每個字都是真實的。」

「好吧，我不能怪你幫了你太太的忙。把我剛才說過的話都忘掉吧。你們兩個回自己的房間去吧，關於這件事，咱們明早再詳談。」

他們走了以後，我們又向窗外望去。

亨利爵士把窗戶打開，寒冷的夜風吹拂著我們的臉。在漆黑的遠處，那個黃色的小光點依舊在亮著。

「真奇怪他怎麼敢這麼做呢？」亨利爵士說道。

「也許他放出亮光的地方只能由這裡看到。」

「很可能，您估計距這裡有多遠？」

「我看是在裂縫岩那邊。」

「不過一、二英里遠。」

「恐怕還沒那麼遠。」

「嗯，巴瑞摩送飯去的地方不可能很遠，而那個壞蛋正在蠟燭旁邊等著呢。天哪，華生，我真想去把那個人抓來。」

在我的腦子裡也閃現過同樣的想法，看樣子巴瑞摩夫婦不見得信任我們，他們的秘密是被迫暴露出來的。那個人對社會是個危害，一個十足的惡棍，對他既不應該可憐，也不應該原諒。如果我們借這機會把他送回到他再也不能危害別人的地方去，我們也只不過是在盡自己應盡的責任罷了。以他如此殘暴、兇狠的天性來說，如果我們袖手旁觀，別人可能就要付出代價呢。比如說，說不定哪天夜晚，我們的鄰居斯特普爾頓一家就可能受到他的襲擊。也許正是因為想到了這一點，亨利爵士才決心去冒這樣的險吧。

「我也去。」我說道。

「那麼您就帶上您的左輪手槍，穿上靴子。我們愈早出發愈好，那傢伙隨時可能熄滅蠟燭跑掉。」

不出五分鐘我們就出門了，開始了我們的遠征。在秋風的低吟和落葉的沙沙聲中，我們匆匆穿過了黑暗的灌木叢。夜晚的空氣裡帶著濃厚的潮濕和腐朽的氣味。月亮不時地由雲隙裡探頭下望，雲朵在空中飛掠而過。我們剛剛走到沼地上，天空就開始飄下一陣濛濛細雨。那燭光卻仍舊在前方堅定地照耀著。

「您帶武器了嗎？」我問道。

「我有一條獵鞭。」

「咱們必須迅速地向他衝過去，因為據說他是個亡命之徒。咱們得出其不意地抓住他，在他能夠做出抵抗之前就讓他就範。」

「我說，華生，」準男爵說道，「在這樣一個罪惡勢力最為猖獗的黑暗時刻，我們這樣做，福爾摩斯會怎麼說呢？」

就像回答他的話似的，廣大而陰慘的沼地裡忽然發出了一陣奇怪的吼聲，就是我在大格林溢泥沼邊緣曾經聽見過的那樣。聲音乘風穿過寂靜的夜空，先是一聲又長又深的低鳴，隨即是一陣高亢的怒吼，接著又是一聲淒慘的呻吟，然後就消失了。聲音一遍遍地發了出來，刺耳、狂野，懾人心魄，整個空氣都為之悸動起來。準男爵抓住我的衣袖，他的臉在黑暗中變得慘白。

「我的上帝啊，那是什麼，華生？」

「我不知道。那聲音來自沼地，我曾經聽見過一次。」
聲音已經沒有了，死寂緊緊包圍了我們。我們站在那側耳傾聽，可是什麼也聽不見了。
「華生，」準男爵說道，「這是獵犬的叫聲。」
我感覺渾身的血都涼了。他的話音時有停頓，說明他被突如其來的恐懼震懾住了。
「他們把這聲音叫什麼呢？」他問道。
「誰呀？」
「那些鄉下人。」
「哦，他們都是些沒有知識的人，您何必管他們怎麼稱呼那聲音呢！」
「告訴我，華生，他們怎麼說的？」我猶豫了一下，可是沒法迴避這個問題。
「他們說那就是巴斯克維爾獵犬的叫聲。」
他嘀咕了幾句什麼，然後是一陣沉默。
「是一隻獵犬，」他終於又說話了，「可是那聲音好像是從幾英里以外傳來的，我想大概是那邊。」
「很難說是從哪邊傳來的。」
「聲音隨著風勢而忽高忽低。那邊不就是大格林盜方向嗎？」
「嗯，正是。」

「啊，是在那邊。喂，華生，您不認為那是獵犬的叫聲嗎？我又不是小孩子，您不用擔心，儘管說實話好了。」

「我上次聽到的時候，正和斯特普爾頓在一起。他說那可能是一種怪鳥的叫聲。」

「不對，不對，那是獵犬。我的上帝，難道那些故事真會有幾分真實嗎？您不會相信這些吧，您會嗎，華生？」

「不，我絕不相信。」

「這件事在倫敦可以被當作笑料，但是在這裡，站在漆黑的沼地裡，聽著這樣的叫聲，就完全是另外一回事了。還有我的伯父！在他倒下的地方，旁邊有獵狗的足跡，這些都湊在一起了。我不認為我是個膽小鬼，華生，可是那種聲音簡直把我渾身的血液都要凝固住了。您摸摸我的手！」

他的手冰涼得像一塊石頭。

「您明天就會好的。」

「我想我已無法把那種叫聲從我的頭腦中驅除了。您認為咱們現在該怎麼辦呢？」

「我們為什麼不掉頭回去呢？」

「不，絕不，咱們是出來捉人的，一定得幹下去。咱們是追尋罪犯，可是說不定，也有一隻魔鬼似的獵犬正在追蹤著咱們呢。來吧！就是把所有洞穴裡的妖魔都放到沼地裡來，咱們也要堅持到底。」

我們在暗中摸索著緩緩前行，參差起伏的山影黑壓壓地環繞著我們，那黃色的光點依然在前面穩定地亮著。在漆黑的夜晚，再沒有比一盞燈光的距離更能欺騙人了，有時那亮光好像是遙遠在地平線上，有時又似乎是離我們只有幾碼遠。我們終於可以看出它是放在什麼地方了，這時我們才知道確實已距離很近了。一支流著蠟油的蠟燭被插在一條岩石之間的縫隙裡，兩面都被岩石擋住，這樣既可避免風吹，又可使除了巴斯克維爾莊園以外的其他方向都看不到。一塊突出的花崗岩遮住了我們。於是我們就彎腰躲在它的後面，從石頭上方張望著那作為信號的燈光。看到一支蠟燭點燃在沼地的中央，而周圍卻毫無生命的跡象——只有一條筆直向上的黃色火苗和它兩側被照得發亮的岩石，這種感覺真的很奇特。

「我們現在該怎麼辦？」亨利爵士悄悄地說道。

「等在這裡。他一定就在燭光附近。看一看，咱們是否能夠瞥見他。」

我的話剛說出口，我們兩人就同時看到了他。在燭光附近的岩石後面探出來一張可怕的黃面孔——一張嚇人的野獸般的面孔，滿臉橫肉，骯髒不堪，長著粗硬的長鬚，亂蓬蓬的頭髮，像是古代住在山邊洞穴的野人。在他下面的燭光照著他細小而狡猾的眼睛，正可怕地穿過黑暗向左右窺探，好像是一隻聽到了獵人腳步聲的狡黠野獸。

顯然已有什麼東西引起了他的懷疑。也許他還有什麼和巴瑞摩私下約定的暗號我們不知道，也許是那傢伙根據其他理由察覺到事態不妙，因為我從他那兇狠的臉上看出了恐懼的神色。考慮到他隨時都可能從光亮處閃開，消失在黑暗之中，我一個箭步衝了上去，亨利爵士也跟了上來。

正在這時，那罪犯發出一聲尖厲的咒罵，揚手丟了一塊石頭過來，那石頭在遮蔽我們的大岩石上碰得粉碎。當他跳起來轉身逃跑的時候，我一眼看到了他那矮胖而強壯的身形。因為恰巧那時月光正從雲縫裡照了下來。我們衝過小山頭，那傢伙正從山坡的另一面狂奔而下，一路上像隻山羊似的在亂石上跳來跳去。如果我用左輪手槍遠射，運氣好的話也許能把他打瘸，可是我帶它來只是為了在受到攻擊的時候自衛，而不是用來打一個正在奔逃而沒有武器的人。

我們兩人都是訓練有素的奔跑好手，可是，不久我們就知道已沒希望追上他了。在月光下，我們過了很久還可以望見他，直到他在遠處一座小山一側的亂石中間變成了一個迅速移動的小黑點。我們跑呀跑的，直跑到完全沒了力氣，可是他和我們的距離反而愈來愈大了。最後，我們終於停了下來，坐在兩塊大石大口地喘著粗氣，眼睜睜地看著他在遠處消失了。

就在這時，發生了一件奇怪和意想不到的事。當時我們放棄了無望的追捕，從岩石上站了起來，正要轉身回家。月亮低低地斜掛在夜空的右方，滿月的下半部襯托出一座花崗石岩崗嶙峋的尖頂。在明亮的背景前面，我看到一個男人的身影，他站在岩崗的絕頂上，恰似一座漆黑的銅像。你不要認為那是一種幻覺，福爾摩斯。我敢說，在我一生裡還從沒有看得這樣清楚過呢。根據我的判斷，那是一個又高又瘦的男人。他兩腿微微分開地站在那裡，兩臂交叉，低著頭，就像是在面對著眼前滿布泥炭和岩石的廣漠荒野凝神沉思。他也許就是這片可怕地方的精靈吧。他不是那罪犯，他離那罪犯遁逃的地方很遠，而且，他的身材也高大得多。我不禁驚叫了一聲，把他指

給準男爵看，可是就在我轉身去抓準男爵的手臂時，那人一晃眼就不見了。那座花崗岩的山頂依然遮蔽著月亮的下半部，可是在那頂上再也沒有那佇立不動的蹤影了。

我本想向那方向走去，把那岩崗搜索一下，可是距離相當遠。從那聲嚎叫勾引起他對他家族那可怕故事的回憶之後，準男爵的神經一直在震顫不安，他已無心再作任何冒險了。他沒有看到岩頂上那個孤獨的人，因此也無法體會那人怪異的出現和那威風凜凜的神態所給予我的毛骨悚然的感覺。

「是個獄卒，沒錯。」他說道，「從這傢伙逃脫之後，沼地裡到處都是他們。」

嗯，也許他的解釋是正確的，但要我相信這一點，還需要更進一步的證明。今天，我們打算給王子鎮上的人們打個電報，告訴他們應當到哪裡去找那個逃犯。說起來也真掃興，我們竟然沒能當真勝利地把他作為我們的俘虜帶回來。這就是我們昨晚的冒險經歷。你得承認，我親愛的福爾摩斯，在為你作報告這件事上，我已經做得相當不錯了。我不否認，我告訴你的很多事未免有些偏離主題，可是我總覺得最好還是讓我把一切事實都告訴你，讓你自己去選擇，哪些是有助你得出結論最有用的東西吧。當然我們已經取得了一些進展，至少就巴瑞摩夫婦來說，我們已經找到了他們那些行為的動機，這就使整個事件澄清了不少。可是神秘的沼地和那裡怪異的居民則依舊讓人摸不清底細。也許在下一次的報告裡，我將能在這一方面找到些線索。當然，最好還是你能親自到我們這裡來。

第10章 華生醫生日記摘錄

此前我一直都在引用那段日子裡我寄給夏洛克・福爾摩斯的報告。可是到這裡我必須改變一下敘事方式，不得不放棄原有的方法，再次依靠我的回憶，借助於我當時的日記了。隨便幾段日記就能把我帶回到當時的場景，那段經歷的每一個細節都已深深地刻印在我的記憶中。好吧，我就從我們在沼地裡徒勞無功地追捕逃犯以及經歷了其他奇遇的那個早晨談起吧！

十月十六日

今天是個陰沉多霧的日子，天空中飄拂著濛濛細雨。巴斯克維爾莊園被厚重的濃霧重重包圍起來，但那濃霧偶爾也會漂浮上升，露出荒蕪起伏的沼地。山坡上流淌著銀白如絲的涓涓細流，在冬日的照耀下，遠處突起的岩石濕漉漉的表面浮光閃爍，莊園內外都沉浸在一片陰鬱的氣氛之中。經過昨夜的驚恐激動，準男爵的情緒顯得份外消沉，我自己也仿佛有一塊沉甸甸的巨石壓在心頭，有一種危險迫在眉稍的感覺——而且是一種始終存在的危險，由於我形容不出來，所以也就顯得特別可怕。

難道我這種感覺是毫無來由的嗎？只要回顧一下這連續發生的一系列意外事件就會明白，在我們的周圍有一件計畫周密的罪惡活動正在進行。莊園前主人之死完全地應驗了這家族傳說中的內容，當地農夫也不斷報告說在沼地裡有怪獸出沒。我也曾兩次親耳聽到一種類似獵犬在遠處嗥叫的聲音。把這一切眞的歸結於超乎自然法則之外的理由，既不可置信，也絕無可能。一隻傳說中的魔犬，可是又留下了爪印，又能仰天長嗥，簡直是不可想像。斯特普爾頓可能會相信這套鬼話，莫蒂默也有可能；可是如果我還具備一點兒常識的話，無論如何也不能說服自己相信這樣的事。那無異是甘心把自己降低到這群可憐的莊稼漢的水平。他們把那獵犬說成妖魔鬼怪還不夠，甚至還把牠形容成從嘴巴到眼睛都向外噴著地獄之火。福爾摩斯決不會聽信這些荒謬的說法，而我則是他的代理人。可是事實終歸是事實啊，我就有兩次在沼地裡聽到這種叫聲。假如眞的有什麼大獵狗走失到沼地上的話，那一切都好解釋了。可是這樣一隻大狗能藏到什麼地方去呢？牠到哪裡去覓食呢？牠從哪兒來？爲什麼在白天沒有人看到牠呢？不可否認，不管是合乎自然法則的解釋還是超自然的解釋，現在都同樣難以說通。暫且先放下這隻獵犬不提，在倫敦發現的那個「人」總是事實啊！那個躲在馬車裡的人，還有警告亨利爵士遠離沼地的那封信，這至少是眞的吧。也許這是某個想保護他的朋友幹的，但也同樣可能是個敵人幹的啊。不論是朋友還是敵人，那個人現在究竟在哪裡呢？他是仍舊在倫敦呢，還是已經跟蹤我們來到了這裡？他會不會，會不會就是我看到站在岩崗上的那個陌生人呢？

沒錯，我只瞥了他一眼，但是有幾點我足以肯定。他絕不是我在這裡所見過的人，而我現在和所有的鄰居都見過面了。那身形遠比斯特普爾頓高得多，也遠比弗蘭克蘭瘦。有點近似巴瑞摩，可是我們已把他留在家裡了，而且我可以肯定，他不會跟蹤我們。如此說來，一定另有一個人在尾隨著我們，正如同有一個陌生人在倫敦尾隨我們一樣，我們一直沒有把他甩掉。如果我們能抓住那個人，那麼，我們的一切困難就都迎刃而解了。爲了達到這一目的，我現在必須全力以赴。

我的第一個念頭是打算把我的整個計畫都告訴亨利爵士；但轉念一想，也許最明智的做法是我自己做自己的，盡可能不和任何人談起。現在亨利爵士終日沉默寡言，情緒消沉，那沼地的聲音已使他的神經極度緊張，我不想再以任何事情來加深他的焦慮，我必須靠自己的行動去一步步尋找答案。

今天早餐後還發生了一段小插曲。巴瑞摩請求和亨利爵士單獨談話，他倆在爵士的書房裡關起門來待了一會兒。我坐在撞球室裡，不止一次聽到談話的聲音變得高了起來，我很清楚他們談論的話題是什麼。過了一會兒，準男爵打開房門叫我進去。

「巴瑞摩覺得有一點委屈，」他說道，「他認爲在他主動把秘密告訴我們之後，我們反而去追捕他的妻弟，這種做法是不公平的。」

管家就站在我們面前，面色很蒼白，但也很鎮定。

「也許我說話太過火了一些，爵爺，」他說道，「如果是這樣的話，我請求您寬恕。但是，在今晨我聽見你們兩個仍未回來，並得知你們是去追捕塞爾登的時候，確實感到非常吃驚。這個可憐的傢伙，不用我再給他添什麼麻煩就已經吃夠苦頭的了。」

「如果你主動告訴我們的話，也許事情就不會這樣了，」準男爵說道，「但實際情況卻是在逼於無奈、不得不說的情況下，你、或者還不如說是你太太才被迫告訴我們。」

「我眞沒有想到您竟會利用這一點，亨利爵士——我眞沒想到。」

「這個人對社會來說是個危險。在沼地裡到處都是孤立無援的人家，而他又是個無法無天的人，只要看看他那張臉，你就能明白這一點了。比如說，你看斯特普爾頓先生一家，除了他本人外就沒有人有抵抗能力。除非塞爾登被重新關進監獄，否則任何人都不會有安全感。」

「他絕不會闖進任何人家的，爵爺，對此我可以向您保證。他再不會在這裡騷擾任何人了，我向您保證，亨利爵士，再過幾天，必要的準備一旦就緒，他就要起程去南美了。看在上帝的面上，爵爺，我懇求

您不要讓員警知道他還在沼地裡。在那裡他們已經放棄了對他的追捕了，他可以一直安靜地躲到爲他準備好船隻的時候爲止。您要是告發了他，就一定會把我和我的妻子捲入麻煩當中。我懇求您，爵爺，什麼也不要和員警說。」

「你看怎麼樣，華生？」

我聳了聳肩。「如果他能安全地離開這個國家，那也能給納稅人減去一項負擔呢。」

「可是他會不會在臨走以前捅他一刀呢？」

「他不會那麼瘋狂的，爵爺，他所需要的一切東西我們都給他準備齊全了。他要是再犯一次罪，藏身地點就會暴露了。」

「這倒是實話，」亨利爵士說道，「好吧，巴瑞摩——」

「上帝祝福您，爵爺，我從心裡感激您！如果他再被抓進去，我那可憐的妻子一定會活不下去了。」

「我想咱們這是在縱容一件重大的罪行吧，華生？可是聽了他剛才那番話之後，我好像覺得已經不忍再檢舉那人似的，就這樣算了吧！好了，巴瑞摩，你可以走了。」

那人一邊嘴裡不停地說著感謝的話，一邊轉過身去，可是猶豫一下之後，他又回轉身來。

「您對我們太好了，爵爺，我願盡我所能地來報答您。我知道一件事，亨利爵士，也許我早就該說出來，可是我發現它的時候，對案件的調查已經結束很久了。關於這件事我還沒有向任何人提起過，它和可憐的查理斯爵士之死有關。」
準男爵和我兩個人都站了起來。「你知道他是怎麼死的嗎？」
「不，爵爺，這個我可不知道。」
「那麼，你知道什麼呢？」
「我知道當時他爲什麼站在那門旁，那是爲了要和一個女人會面。」
「和一個女人會面！他？」
「是的，爵爺。」
「那個女人叫什麼？」
「她的姓名我沒法告訴您，爵爺，可是，我可以告訴您那姓名的頭個字母。她那姓名的字頭是L．L．」
「這你是怎麼知道的，巴瑞摩？」
「啊，亨利爵士，那天早晨您伯父收到了一封信。他經常收到很多信件，因爲他是個公眾人物，而且以心地善良著稱，因此，每個人遇到困難的時候，都喜歡向他求助。可是那天早晨，碰巧只有那一封信，所以引起了我特別的注意。那信是從一個叫庫姆比崔西的地方寄來的，而且是女人的筆跡。」
「嗯？」

「啊，爵爺，要不是我太太，我絕不會再想起這件事，也許永遠也想不起來了。就在一兩個禮拜以前，在她清理查理斯爵士的書房的時候——自從他死後還一碰也沒碰過——在爐門後面發現了一封燒掉的信紙的餘灰。信的大部分都已經成碎片，只有信末的一小條還算完整，字跡已在黑地上顯得灰白，但還可以看得出來。看上去很像是信末的附言，寫的是：『您是一位君子，請您千萬將此信燒掉，並在十點鐘的時候到柵門那裡去。』下面的署名就是L·L·。」

「那張字條還在你那兒嗎？」

「沒有了，爵爺，我們一動，它就碎成灰了。」

「查理斯爵士還收到過同樣筆跡的信件嗎？」

「噢，爵爺，我並沒有特別留意過他的信件。如果不是因爲恰巧這封信是單獨寄來的，我也不會注意到它。」

「你想不出L·L·是誰嗎？」

「想不出，爵爺，我並不比您知道得更多。可是我想，如果能夠找到那位女士，那麼關於查理斯爵士的死，咱們就會多知道些情況了。」

「我不明白，巴瑞摩，這樣重要的情況你怎麼會秘而不宣？」

「噢，爵爺，那正是我們自己的煩惱剛剛上身之後。還有就是，爵爺，我們兩人都很敬重查理斯爵士，我們非常感激他爲我們所做的一切。我們認爲把這件事宣揚出來對我們那位可憐的主人並沒有什麼好處，再加上這裡頭還牽連到一位女士，當然就更應該小心謹愼了。即使是在我們當中最好的人——」

「你認爲這件事有可能會傷到他的名譽嗎？」

「嗯，爵爺，我想追究下去總沒有什麼好處。可是現在您對我們這樣好，使我覺得，如果不把我所知道的有關這件事的全部情況都告訴您，就太對不起您了。」

「好極了，巴瑞摩，你可以走了。」當管家走了以後，亨利爵士轉身向我說道，「那麼，華生，您對這一新發現有什麼看法？」

「好像我們在黑暗中愈陷愈深了。」

「我也這樣想。可是如果咱們能夠查明L．L．這個人，可能就會把整個問題都搞清楚了。咱們能得到的線索就是這麼多了，咱們已經知道，有人瞭解事情的眞相，咱們要做的就是找到她。您認爲咱們應當從哪裡下手呢？」

「立刻將全部經過告訴福爾摩斯，這樣就能把他一直在尋找的線索提供給他了。如果這樣還不能把他吸引到這裡來，那才眞是怪事呢。」

我馬上回到自己的屋裡，給福爾摩斯寫了關於今早那次談話的報告。我很清楚，他最近很忙，因爲我很少收到從貝克街寄來的便箋，即使有也只是三言兩語，對於我所供給他的消息沒有任何回饋及反應，而且更難得提到我的任務。毫無疑問，那起匿名恐嚇信的案件吸引了他全部的注意力。可是，這裡事件的新進展，一定會引起他的注意，使他恢復對這個案子的興趣的。他現在要是在這裡該有多好啊。

十月十七日

整整一天大雨下個不停，雨水順著屋簷滴瀝而下，打得常春藤唰唰作響。我想起了那個躲在荒涼、寒冷而又一無遮擋的沼地裡的逃犯。可憐的人！不管他犯了什麼罪，他現在所吃的苦頭也算爲他贖罪了。我又想起了另一個人——馬車裡的那個面孔，月亮下的那個人影，那個看不見的監視者，那個躲在暗處的人——他此刻是否也置身於傾盆大雨之中？

傍晚時分，我穿上雨衣雨鞋，在泥濘的沼地上走得很遠，心裡充滿著可怕的想像，雨打在我的臉上，風在我的耳邊呼嘯。但求上帝援助那些流落在大泥潭裡的人吧，因爲連堅硬的高地都變成泥淖了。我終於找到了那黑色的岩崗，就是在這裡，我看到過那個孤獨的監視人，站在高高的岩崗上張目四望，寸草不生，一片荒涼。暴風夾雜著大雨，刷

過赤褐色的地面，濃重的青石板似的雲層，低低地懸浮在大地之上，遠處奇形怪狀的山邊拖曳著一縷縷灰色的殘雲。在左側遙遠的山溝裡，巴斯克維爾莊園的兩座尖細的塔樓越過樹梢，在霧氣中半隱半現。除了那些密佈在山坡上史前時期的小房之外，這要算是我所能見到的唯一的人類生活的跡象了。哪裡也看不到兩晚之前我在同一地點所見到過的那個孤獨的人的蹤影。

當我往回走的時候，在那條通向邊遠的弗奧梅爾農莊的坎坷不平的沼地小路上與駕著雙輪馬車的莫蒂默醫生不期而遇。他一直非常關心我們，幾乎每天到莊園來看看我們過得好不好。他堅持要我上他的馬車，所以我就搭他的車回家了。我知道他近來正由於那隻小長耳獚犬的失蹤而非常煩惱；那小狗自從有一次跑到沼地裡去之後，就一直沒有回來。我盡我所能地安慰他，可是我想起格林溢泥潭裡的那匹小馬，也就對他會再見到他的小狗不抱什麼指望了。

「我說，莫蒂默，」當我們在崎嶇不平的路上顛簸搖晃著的時候我說，「我想在這裡凡是乘馬車能到達的住家，很少有您不認識的人吧。」

「我想，簡直沒有。」

「那麼，您能不能告訴我，那些女人的姓名字頭是L·L·呢？」

他想了幾分鐘。

「沒有，」他說道，「除了幾個吉卜賽人和作苦工的我不瞭解，在農夫或是鄉紳中沒有一個人的姓名的字頭是這樣的。哦，等等，」他停了一下，接著說，「有一個蘿拉·萊昂斯，她的姓名字頭是L·L·。可是她住在庫姆比崔西。」

「她是誰啊?」我問道。

「她是弗蘭克蘭的女兒。」

「什麼!就是那個老浪蕩鬼弗蘭克蘭嗎?」

「正是,她嫁給了一個到沼地來寫生姓萊昂斯的畫家。可是,他竟是個下流的壞蛋,遺棄了她。根據我所聽到的情況判斷,可能並不完全只是一方的過錯。因爲她沒有得到父親的同意就結了婚,她的父親拒絕過問有關她的任何事情。也許還有其他原因。總之,夾在這一老一少兩個混帳傢伙之間,這女子的處境相當可憐。」

「那她靠什麼生活呢?」

「我想老弗蘭克蘭會給她一些資助的,但可能不多,因爲他自己的那些荒唐事已經足夠把他拖累得了。不管她是如何罪有應得,總不能看著她無可救藥地墮落下去啊。她的事傳出去以後,有些人就設法幫助她,使她能過上正當的生活。斯特普爾頓和查理斯爵士都幫過忙,我也給過一點錢,爲的是讓她能做起打字的生意來。」

他想知道我爲什麼要問這些問題,我要設法在不告訴他太多的情況下滿足他的好奇心,因爲我沒有理由對隨便任何人都給予信任。明早我要到庫姆比崔西去。如果我能見到那位名聲曖昧的蘿拉·萊昂斯太太,就會朝著弄清這一連串神秘莫測事件的方向推進一大步。我一定發展到像蛇一樣地聰明了，因爲當莫蒂默追問到我不便回答的時候，我就順口問問他弗蘭克蘭的顱骨屬於哪一種類型。這樣一來，一直到抵達目的地爲止，我除了顱骨學之外就什麼也聽不到了。我總算沒有白和夏洛克・福爾摩斯相處了這麼多年。

在這狂風暴雨的陰慘天氣裡，只有一件值得記載的事。那就是我剛才和巴瑞摩的談話，他又給了我一張能在適當的時候亮出來的有力好牌。

莫蒂默留下來吃晚飯，飯後他和準男爵兩人玩起牌來。管家到書房來給我送咖啡，我乘機問了他幾個問題。

「啊，」我說道，「你那好親戚已經走了呢？還是仍然隱藏在那裡？」

「我不知道，先生。但願他已經走了，因爲他在這裡只能給人添麻煩。從我最後一次給他送了食物之後，再沒有聽到過關於他的情況，那已經是三天前的事了。」

「那一次你看到他了嗎？」

「沒有，先生，可是當我再到那裡去的時候，食物已經不見了。」

「那麼說，他一定還在那裡了？」

「您可以這麼認爲，先生，除非食物是被另外那個人拿去了。」

我坐在那裡，咖啡還沒有送到嘴邊手就停住了，我盯住他問道：「那麼說，你知道還有另外一個人嘍？」

「是的，先生，在沼地裡還有另外一個人。」
「你見過他嗎？」
「沒有，先生。」
「那你怎麼知道的呢？」
「是塞爾登告訴我的，先生，在一星期以前或是更早的時候。他也在那藏著呢，但是我估計他不是逃犯。這些事眞讓我傷腦筋，華生醫生——我和您坦白地說吧，先生，這些事眞讓我傷腦筋。」他突然帶著眞摯熱切的情感說道。

「現在，你聽我說，巴瑞摩！要不是爲了你的主人，我對這種事毫無興趣。我到這裡來除了幫助他之外，沒有其他目的。請坦白告訴我，究竟是什麼使你這樣傷腦筋呢？」

巴瑞摩猶豫了一會兒，好像是後悔自己的失言，又像是感覺難以用言語表達自

己的感情。

「就是這些不斷發生的事，先生，」他終於喊了起來，對著被雨水沖刷著的，面向沼地敞開的那扇窗戶揮舞著手臂，「我敢肯定那裡正在進行著暗殺的勾當，正在醞釀著可怕的陰謀！先生，我眞希望亨利爵士能重新回到倫敦去。」

「可是，什麼使你如此驚恐不安呢？」

「您看看查理斯爵士的死！就憑驗屍官所說的那些話，已經夠糟糕的了。您再看看夜間沼地裡的怪聲，太陽下山後，您給多少錢也沒有人肯從沼地裡走過去。還有藏在那裡的那個人，他在那裡窺伺等待著！他等待什麼呢？用意又是什麼？所有這些，對巴斯克維爾家的人說來，都絕不是什麼好兆頭。到亨利爵士的新僕人們來接管莊園的那一天，我是會很樂意離開這一切的。」

「可是關於沼地裡的這個陌生人，」我說道，「你能告訴我些什麼嗎？塞爾登說過什麼？他找到了他的藏身之處，或是發現了他正在幹什麼嗎？」

「塞爾登見過他一兩次，可是他是個很深沉的傢伙，什麼情況也不肯透露。起初他想那人是個員警，可是不久他就發現那人另有計劃。在他看來，那人像是個有身分的人，可是他弄不清楚那人究竟在做些什麼。」

「他說過那人住在哪裡嗎？」

「在山坡上的老房子裡——就是那些古代人住過的小石頭房子。」

「可是他吃飯怎麼辦呢？」

「之前塞爾登發現有一個小孩為他服務，給那人送去他所需要的東西。我敢說，那小孩是到庫姆比崔西得他所需要的東西的。」

「好極了，巴瑞摩。這個問題咱們改日再詳談吧。」管家離開後，我來到黑漆漆的窗前，透過模糊的玻璃窗，望著外面翻捲的雲朵，和大風橫掃過後樹頂聯成的高低不一的輪廓。這樣的夜晚待在室內就已夠險惡的了，在沼地的一棟石屋裡又該是什麼滋味？多麼強烈的仇恨才能使一個人在此時候潛藏在那樣的地方，又是什麼樣的深遠而又緊迫的目的才能使得他如此不辭辛勞！那裡，就在沼地的那所房子裡，看來隱藏著使我萬分困擾的問題關鍵。我發誓要在明天結束之前，盡一切可能抵達那神秘的核心去一探究竟。

第11章 — 岩崗上的男子

以我的私人日記摘錄而成的上一章，把我的闡述帶到了十月十八日，那正是這些怪事開始加快進程，就要接近可怕結局的時候。在隨後幾天裡發生的事情都已深深地烙印在我的記憶之中，無須參考當時所作的記錄我就能說得出來。我就從第二天開始說起吧。在前一天我瞭解到兩個非常重要的事實，一個是庫姆比崔西的蘿拉·萊昂斯太太曾經給查理斯·巴斯克維爾爵士寫過信，並約定在他死去的那個地點和時間相見；另一個就是潛藏在沼地裡的那個人，可以在山坡上的石頭房子中找到。掌握了這兩個情況之後，我覺得如果我還不能使疑案稍露曙光的話，那我不是智商就是膽量出了問題。

昨天晚上，我沒有機會把我瞭解到的有關萊昂斯太太的事告訴準男爵，因爲莫蒂默醫生和他玩牌一直玩到很晚。今天早飯時，我才把我的發現告訴了他，並問他是否願意陪我到庫姆比崔西去。起初他急著要去，可是經過重新考慮之後，我們兩人都覺得，如果我單獨去，結果會更好一些。因爲訪問的形式愈是鄭重，我們所能得知的情況就可能愈少。於是我把亨利爵士留在家裡，心中懷著一絲不安，乘上馬車出發去進行新的探索。

到了庫姆比崔西，我叫波金斯把馬匹安置好，自己則去打探那位我此行將要拜訪女士的住址。我沒費周章就找到了她家，房子位於小鎮的中心，裝修得很不錯。一個女僕很隨便地把我領了進去，在我走進客廳的時候，一位坐在一台雷明頓牌打字機前的女士迅速地站了起來，帶著微笑對我表示歡迎；可是當她看出我是個陌生人的時候，她的面容又恢復了平常，重新坐了下來，詢問我來訪的目的。

萊昂斯太太給人的第一個印象就是驚人的美麗。她的眼睛和頭髮都呈深棕色，雙頰上雖有不少雀斑，然而對有棕色皮膚的人來說，恰到好處的紅潤，如同在微黃的玫瑰花心裡隱現著悅目的粉紅色。我再重複一遍，首先產生的印象就是讚嘆。可是隨後就發現了瑕疵。那張臉有些說不出來的不順眼，有些粗獷的表情，也許眼神有些生硬，嘴唇有些鬆弛，這些都破壞了那容貌的完美。當然了，這些都是事後的想法，當時我只意識到我是站在一位非常漂亮的女士面前，聽她詢問我來訪的目的。直到那時我才真的認識到我的任務是多麼的棘手。

「我有幸認識您的父親。」我說。

這樣的自我介紹很笨拙，我由那女人的反應感覺得出來。

「我父親和我之間沒有什麼關係，」她說道，「我不虧欠他什麼，他的朋友也不是我的朋友。如果沒有已故的查理斯．巴斯克維爾爵士和一些好心人的話，我也許早就餓死了，我父親根本就沒把我放在心上。」

「我正是因爲有關已故的查理斯・巴斯克維爾爵士的事才到這裡來找您的。」

驚訝之餘，女士臉上的雀斑變得更加明顯了。

「關於他的事我能告訴您什麼呢？」她問道。她的手指神經質地玩弄著她那打字機上的按鍵。

「您認識他，是嗎？」

「我已經說過了，我非常感激他對於我的厚意。如果說我還能自立生活的話，那主要是由於他對我可悲處境的關心。」

「您和他通過信嗎？」

女士迅速地抬起頭來，棕色的眼睛裡閃動著憤怒的光芒。

「您問這些問題是什麼用意？」她厲聲問道。

「用意在於避免醜聞的傳播。我在這裡問總比讓事情傳出去弄得無法收拾要好一些。」

她沉默下來，臉色極其蒼白。最後她帶著不顧一切和挑戰的神色抬起頭來。

「好吧，我回答，」她說道，「您的問題是什麼？」

「您和查理斯爵士通過信嗎？」

「我確實寫過一兩封信給他，感謝他的體貼和慷慨。」

「發信日期您還記得嗎？」

「不記得了。」

「您和他會過面嗎？」

「會過面，在他到庫姆比崔西來的時候會過一兩次面。他是個不愛拋頭露面的人，他寧願暗地裡做好事。」

「可是，如果您很少見到他，又很少寫信給他的話，他怎麼會知道那麼多您的事，以至於像您所說的那樣來幫助您呢？」

她毫不猶豫地回答了這個我認爲難以回答的問題。

「有幾個紳士知道我可悲的經歷，聯合起來幫助我。一個是斯特普爾頓先生，他是查理斯爵士的近鄰和密友，他心腸好極了，查理斯爵士是透過他才知道我的事的。」

我知道查理斯·巴斯克維爾爵士曾委託斯特普爾頓代表他分發救濟金，因此女士的話聽來倒似乎是實情。

「您曾經寫過信給查理斯爵士，請他和您見面嗎？」我繼續問道。

萊昂斯太太又氣得臉紅起來。

「先生，這個問題簡直太過分了。」

「我很抱歉，太太，可是我不得不重複它。」

「那麼我就回答吧，肯定沒有過。」

「即使在查理斯爵士死的那天也沒有過嗎？」
她臉上的緋紅瞬間褪去，在我面前出現了一副死灰般的面孔。她那焦枯的嘴唇已說不出那「沒有」來了。與其說我聽到了，不如說我是看出來了。
「一定是您的記憶愚弄了您，」我說道，「我甚至可以引述您那封信中的一段話，是這樣的：『您是一位君子，請您千萬將此信燒掉，並在十點鐘的時候到柵門那裡去。』」
一時間，我以爲她就要暈過去了，可是她盡了最大的努力使自己恢復鎮靜。
「難道天下就沒有一個眞正的君子了嗎？」她的呼吸變得急促起來。
「您冤枉查理斯爵士了。他確實把信燒掉了，但是有時候一封信即使被燒了也還是可以辨認得出來的。您現在承認您曾寫過這封信了嗎？」
「是的，我寫過，」她喊道，把滿腹的心事都滔滔不絕地說了出來，「我確實寫過。我爲什麼要否認這事呢？我沒有理由爲此感到羞恥，我

希望他能幫助我，我相信如果我能親自和他見面的話，就可能得到他的援助，因此我才請求他和我見面的。」

「可是爲什麼約在這樣一個時間呢？」

「因爲那時我剛知道他第二天就要到倫敦去，而且一去也許就是幾個月。由於一些別的原因我又不能早一點到那裡去。」

「可是爲什麼要在花園裡會面而不到房子裡去拜訪呢？」

「您認爲一個女人能在那個時間獨自一人到一個單身漢的家裡去嗎？」

「那麼，您到那裡去了之後發生了什麼事？」

「我根本沒有去。」

「萊昂斯太太！」

「沒有去，我用所有對我來說最神聖的東西向您發誓，我沒去。一件意外事件阻止了我。」

「是什麼事呢？」

「是件私事，我不能說。」

「那麼說，您承認您曾和查理斯爵士在他死去的那個時間和地點有個約會，但是您否認您曾前去赴約。」

「是的。」

我對她盤問再三，但總是到這個問題就卡住了。

「萊昂斯太太，」我終於結束了這次冗長而又毫無結果的拜訪，站起身說道，「鑒於您不肯開誠佈公地說出所有您知道的事，您正承攬一個非常重大的責任，並且已經把自己置於非常不利的境地。如果我不得不叫員警來協助的話，您就會發現您連一點回旋的餘地都沒有了。如果您是清白的，為什麼最初要否認在那一天曾寫信給查理斯爵士呢？」

「因為我擔心會由此引伸出什麼不正確的結論來，那樣我就可能會使自己陷於一件醜聞當中。」

「那您為什麼那樣迫切地要求查理斯爵士銷毀您的信呢？」

「如果您已經讀過那封信，您應該知道。」

「我並沒有說我讀過信的全部啊。」

「但是您引用了其中一部分。」

「我只引用了附筆，我說過，那封信已被燒掉了，無法完整地辨認。我還要再問您一遍，為什麼您那樣迫切地要求查理斯爵士把他臨死那天所收到的這封信毀掉呢？」

「因為這純屬私人之間的事。」

「更重要的原因恐怕是您要避免公開的追究調查吧。」

「那麼我就告訴您吧，如果您曾聽說過任何關於我的悲慘經歷的話，您就會知道我曾經有過一次草率的婚姻，並爲此深感懊悔。」
「我聽說過。」
「我的生活簡直就是一場我那可恨的丈夫對我無休止的迫害。法律站在他那一邊，每天我都面臨著被迫和他共同生活的可能。在我給查理斯爵士寫這封信的時候，我聽說如果我能支付一筆錢的話，我就可以重獲自由。這對我意味著一切——內心的安寧、幸福、自尊——這就是我嚮往的一切。我知道查理斯爵士的慷慨，我想，如果他聽我親口講出這個故事，他就一定會幫助我。」
「那您爲什麼又沒去呢？」
「因爲就在那時，我從別處得到了幫助。」
「那麼，爲什麼您沒有寫信給查理斯爵士解釋這件事呢？」
「如果我沒有在第二天早晨的報紙上看到他的噩耗，我一定會這樣做的。」
那女人的闡述前後嚴絲合縫，我提盡了所有的問題也找不出破綻來。我唯一能做的，就是去調查一下，在悲劇發生前後，她是否確實曾經向她丈夫提出過離婚訴訟。
如果她眞的去過巴斯克維爾莊園的話，恐怕她不見得敢說沒有去過。因爲她要到那裡去必須得乘坐馬車，而且，起碼要到第二天清晨她才能回到庫姆比崔西，這樣一次遠行是無法保密的。因此，最大的可能就是，她說的是實話，或者至少，有一部分是實話。我滿懷疑惑，灰心喪氣地往回走。我又一次撞進了死胡同。每當我試圖尋找到一條可以通向目的地的道路時，總好像有一堵牆橫在前面。可是我愈琢磨那女士的表情和她的神態，就愈覺得她還有東西瞞著我。爲什麼她的臉會變得那麼蒼白？爲什麼她每次都要竭力否認，直到迫不得已的情況下才肯承認呢？當悲劇發生時，她爲什麼要保持沉默呢？我可以肯定，對所有這些疑問的解釋，絕非像她試圖讓我相信的那樣簡單。目前，沿著這一方向我已經無法再向前推進一步，只好轉向沼地裡的石屋去搜尋其他線索了。

然而這是一個極其渺茫的方向，在我往回走的路上我感到了這點。我看到一座小山接著一座小山，每座小山上面都有古時候人們生活的遺跡。巴瑞摩只指引說那個人居住在這些廢棄小屋中的一間，然而這種小屋遍佈整個沼地，足有好幾百座。幸而我曾親眼看到那人站在黑岩崗的絕頂上，我不妨就以此爲中心開始我的搜索。我將從那裡開始查看沼地裡的每一座小屋，直到找到我要找的那座爲止。如果那個人正待在屋內，我要讓他親口說出他是誰，爲什麼要如此長時期地跟蹤我們，必要時甚至不惜動用我的左輪手槍。在攝政街擁擠的人群裡他也許可以從我們的手中溜掉，可是在這荒涼孤寂的沼地裡，他一定會感到無計可施。話說回來，如果我找到了那座小屋，而那位房客卻不在屋裡的話，我就在那裡等著，不管需要熬多久的夜，直到他回來爲止。在倫敦，福爾摩斯讓他跑了，在我的老師失利之後，如果我能將他查出，對我來說絕對是一次重大的勝利。

在這起調查工作中，運氣一次又一次地背離我們，而現在它終於轉到了我這一邊。帶來好運氣的不是別人，恰巧就是弗蘭克蘭先生。他鬍鬚花白，面色紅潤，正站在他那花園的門口，園門大開，正對著我要經過的大道。

「您好，華生醫生，」他以少見的好心情向我喊道，「您真該讓您的馬休息一下了，進來喝一杯，對我表示祝賀吧！」

在我聽說他如何對待他的女兒之後，我對他實在沒什麼好感，可是我正想把波金斯和馬車支回家去，這倒是個好機會。我下了車，給亨利爵士寫了張便條，說明我要在吃晚飯的時候散步回去。然後我就跟著弗蘭克蘭先生走進了他的客廳。

「對我來說可真是了不起的一天啊，先生，這是我一生最值得高興的日子，」他不停地咯咯笑著，大聲說道，「我一下了結了兩件官司。我就是要教訓一下這裡的人，讓他們明白，法律就是法律。這裡有一個不怕打官司的人。我已經證實了確實有一條公路經過老米德爾頓的花園，不偏不斜，正好從中間穿過，先生，離他家的前門不到一百碼。您對此有什麼看法？咱們要教訓教訓這些大人物，不能讓他們任意踐踏平民的權利，這幫混蛋！我還封閉了那片弗恩沃西家常去野餐的樹林。這些無法無天的傢伙好像認爲根本不存在產權一說，想往哪兒鑽就往哪兒鑽，廢紙空瓶隨處亂丟。這兩個案子全判下來了，華生醫生，我全勝訴了。自從約翰・摩蘭爵士因爲在自家的小畜養場裡放槍而被我告發以來，我從沒有像今天這樣得意過。」

「您到底是怎麼做的呢？」

「看看這記錄吧，先生。值得看一看的——弗蘭克蘭對摩蘭。高等法院。這場官司花了我二百鎊，可是我勝訴了。」

「您得到什麼好處了嗎？」

「什麼也沒有，先生，什麼好處也沒有。我可以自豪地說，我沒有從這些官司中謀取一點兒利益。我的所作所爲完全是出自社會責任感的驅使。我毫不懷疑，比如說吧，弗恩沃西家的人今天晚上就可能紮個模樣像我的草人燒掉，上回他們這麼做的時候我報告了員警，告訴他們應該制止這種可恥的行爲。本地的員警部門眞夠丟人的，先生，他們並沒有爲我提供應有的保護。弗蘭克蘭對女王政府的訴訟案很快就會引起社會上的注意了。我告訴過他們，他們那樣對待我早晚有一天要後悔的，我的話現在已經應驗了。」

「怎麼呢了？」我問道。

老頭擺出了一副非常得意的表情來。

「因爲本來我能告訴他們一件他們迫切想知道的事情，可是，不管什麼情況下，也甭指望我會幫那些壞蛋的忙。」

我本來一直想找個藉口，擺脫掉他那些閒扯，可是現在，我又希望多聽一些了。我很清楚這個老浪蕩鬼的怪脾氣，一旦你表現出強烈的興趣，他肯定會產生懷疑而停止不說了。

「一件偷獵的案子，沒錯吧？」我帶著漠不關心的語氣說。

「啊哈，老兄，可比這要重要得多啊！在沼地裡的那個犯人怎麼樣了？」

我大吃一驚。「你該不是說你知道他在哪裡吧？」我說道。

「我並不知道他確切的藏身地點，可是我確信，我能幫助員警把他抓住。難道您從沒有想過，抓這個人的辦法最好是先找出他從哪裡弄到食物，然後再順著這條線索去找他嗎？」

他的話確實已經更加令人不安地接近了事實。「當然，」我說道，「可是您怎麼知道他確實是在沼地裡呢？」

「我知道，因爲我親眼看到過那個給他送飯的人。」

我爲巴瑞摩擔心起來。被這樣一個喜好惹是生非的老閒話簍子抓住了把柄，可不是一件好對付的事。可是他接下來的一句話又使我感到如釋重負了。

「當您聽到他的食物是由一個小孩送去時，您一定會感到吃驚吧。我每天都從屋頂上的那架望遠鏡裡看到他，他總是在同一時間走過同一條路；除了到逃犯那裡，他還會去哪裡呢？」

這可眞是運氣！我極力控制自己，不流露出一點兒對此事感興趣的樣子。一個小孩！巴瑞摩曾經說過，我們弄不清楚的那個人是由一個小孩給他送東西的。弗蘭克蘭發現的是那個陌生人的蹤跡，而不是那逃犯的。如果我得到他所瞭解的情況，就可以省去我作漫長而疲憊的追蹤了。可是，顯然我還必須裝作對此表示懷疑和淡漠的樣子。

「我想那很有可能是個沼地牧人的兒子在給他父親送飯吧。」

稍有不同意的表示，就能把這個專橫霸道的老傢伙激起火來。他兩眼惡狠狠地望著我，灰白鬍子向上翹起，眞像一隻發怒的公貓。

「眞的，先生！」他說道，同時用手指點著外面一望無際的沼地，「您看到那邊那個黑色的岩崗了嗎？啊，您看到遠處那佈滿荊棘的矮山了嗎？那是整個沼地裡岩石最多的部分。難道那裡會是牧人駐足的地方嗎？先生！您的想法眞是荒謬之極。」

我順從著他回答說，我是因爲不瞭解全部事實才這樣說的。我的服輸讓他大爲高興，也使他更願意多說一些了。

「您可以相信，先生，在我得出一個結論的時候，我是有很充分的根據。我不只一次看到那孩子匆匆走過，每天一次，有時每天兩次，我都能……等一等，華生醫生。是我的眼花呢，還是在那山坡上現在有什麼東西在動著？」

在暗綠色和灰色的背景襯托下，我能清楚地看到一個小黑點在大約幾英里外移動著。

「快來，先生，來呀！」弗蘭克蘭一邊叫喊著一邊向樓上衝去，「您可以親眼看看，然後自己去做判斷。」

那望遠鏡是一個裝在三角架上的龐然大物，就放在平坦的鉛板屋頂上。弗蘭克蘭把眼睛湊了上去，隨即發出了一聲得意的呼喊。

「快點，華生醫生，快來，不要等他翻過山去呀！」

眞的，他就在那裡，一個小傢伙，肩上扛著一小包東西，正費力地慢慢向山上走著。當他走到山頂的時候，在陰冷的藍天的襯托下，有一瞬間我看得很清楚，那是一個衣衫襤褸，我從沒見過的孩子。

他鬼頭鬼腦地四下張望著，好像是在看看有沒有人跟蹤似的。然後就在山那邊不見了。

「瞧，我說得沒錯吧？」

「當然了，那個男孩好像有什麼秘密使命似的。」

「他肩負的使命即使是一個鄉村員警都猜得出。可他們甭想從我這兒打聽到一個字，我要求您也保守秘密，華生醫生。一個字也不要洩露，您明白嗎！」

「遵命就是。」

「他們那麼對待我眞是太可恥了——太可恥了。等弗蘭克蘭對女王政府的訟案的眞相公佈之後，我保證，舉國上下都會爲我憤憤不平的。無論如何，我也不會去幫員警的忙。他們該關注的是我，而不是那個被挑在火刑柱上燒掉的草人。您不要走哇！爲了慶祝這個偉大的勝利，您得幫我喝乾了這瓶！」

我謝絕了他的所有挽留，並且成功地打消了他要陪我走回家的念頭。我一直沿著大路走，直到走出他的視線可及的範圍，然後突然離開大道，穿過沼地，向那孩子消失不見的那座岩崗走去。對我說來每件事都很順利，我敢發誓，我絕不會因爲缺乏精神和毅力而錯過命運之神送到我眼前的機會。

在我抵達山頂的時候，太陽已經開始下山，腳下山坡朝陽的一面變成了金碧色，而另一面則籠罩著灰暗的陰影。在遙遠的天際線上，呈現出一抹蒼茫的暮色，在暮色中凸顯出來的是奇形怪狀的貝利弗岩崗和維森岩崗。在無邊無際的大地上，聽不到一點聲音，也看不到一點動靜。一隻巨大的灰雁，也許是一隻海鷗或麻鷸，在高高的藍天中盤旋翱翔。寥廓長天，蒼茫大地，牠和我仿佛就是其間僅有的生命。荒涼的景色，孤獨的感覺以及我神秘而急迫的使命一齊向我襲來，使我不禁打了個冷顫。哪裡都看不到那個孩子，然而就在我下面的一個山溝裡，有一圈古老的石頭房屋，正中央的一間還殘留有足以讓人遮蔽風雨的屋頂。當我一看到它，心裡就不由得一跳，這一定就是那個人藏匿的地方了。我的腳終於踏上了他藏身之處的門檻——他的秘密已在我手中。

當我慢慢接近小屋的時候，我每一步都邁得十分小心，就像是斯特普爾頓高舉著捕蝶網慢慢走近停穩的蝴蝶似的。我暗自滿意，這地方確實曾經被用作居住之所。亂石中間一條隱約可見的小路一直通向那個充作大門的豁口，「大門」破爛不堪，好像隨時都有可能坍塌的樣子。屋內寂靜無聲，那個來歷不明的人可能就藏在那裡，也可能正在沼地裡遊蕩。冒險的感覺使我的神經極度興奮，我把菸頭拋在一邊，手握著我那把左輪的槍柄，迅速地走到門口。我向屋裡望了一眼，裡面空空的。

然而有充足的跡象可以說明，我沒有找錯地方。這裡一定是那個男人居住的地方。幾條毛毯捲在一塊防雨布裡，放在那塊新石器時代的人曾經睡過覺的石板上，一個粗陋的石槽裡還留有一堆燃燒過的灰燼，旁邊放著一些炊煮用具，和一個半滿的水桶。一堆亂七八糟的空罐頭說明，那人在這屋裡已經住了有一段時間了。當我的眼睛習慣了屋內那種斑駁紛亂的光線之後，我看到，在屋角裡還立著一隻金屬小杯和半瓶酒。在小屋的中央有一塊平坦的石頭被當做桌子用了，上面放著一個小小的布包袱——無疑就是我從望遠鏡裡看到的小孩肩上的那布包。裡面有一塊麵包、一罐牛舌和兩罐桃子頭。當我察看完畢把它們重新放下的時候，看到下面還有一張寫著字的紙，心裡不由一動。

我拿起那張紙，讀出上面用鉛筆潦草地寫成的一行字：「**華生醫生曾到庫姆比崔西去過。**」

足足有一分鐘的時間，我手裡拿著那張紙站在那裡，思考這封短信的含義。看來，這個神秘的人跟蹤的並不是亨利爵士而是我了。他並沒有親自對我跟蹤，而是派了一個代表——也許就是那個孩子——跟著我，這就是他所寫的報告。很可能打從我來到沼地以來，沒有一步行動不是在他的監視當中，並隨時報告上去的。我總感覺到有一股看不見的力量，有一張網眼密實的大網，無比巧妙地圍在我們周圍，鬆鬆地籠罩著我們，但是直到最爲緊要的關頭，我才意識到自己眞的已經被糾纏在網子裡了。

既然有一份報告，就可能還有更多，於是我就在屋裡到處搜尋起來。可是毫無蹤影，也沒有發現任何足以說明住在這個奇怪地方的人的特點和意圖的跡象。只有一點可以確定，就是他一定有著斯巴達人式的習慣，對生活的舒適與否不太在意。當我想到那天的暴雨，再看看這敞著大口的屋頂，我能體會到他那想要達到目的的意志是多麼的堅定不移，正是這種意志支撐著他，使他甘心住在如此不舒適的地方。他到底是我們狠毒的敵人呢，或湊巧是保護我們的天使？我決定若不把這一切弄明白，絕不離開這小屋。

外面，太陽已經落到很低了，西面的天空閃爍著火紅和金黃色的餘輝，天光散照在遠處格林盜泥潭中的水窪上，反射出片片的紅光。在那邊可以看到巴斯克維爾莊園的兩座塔樓，再往遠處，一帶朦朧的煙氣標誌著格林盜村的位置，在這兩地之間，那座小山的背後就是斯特普爾頓家的房子。在夕陽金黃色的餘光照耀下，一切都顯得那樣美好、恬靜，令人沉醉。可是在我看到這些景色的時候，內心不僅絲毫不能分享大自然的寧靜，反而還因愈益迫近的正面交鋒所引起的茫然和恐懼心理而發抖。我的神經在悸動，但是決心堅定，我坐在深陷黑暗之中的小屋裡，耐心地等待屋主人的歸來。

終於，我聽到他走來了，遠處傳來了皮鞋走在石頭上發出的得得聲，一步接著一步，愈走愈近了。我退縮到屋中最黑暗的角落，伸手在口袋裡打開左輪手槍的扳機，決定在有機會看清這個陌生人之前，絕不暴露自己。腳步聲停頓了很長時間，表明那個人已經站住了；後來腳步聲又向前走來，一道身影由石屋的豁口處投射進來。

「多麼可愛的黃昏，親愛的華生，」一個十分熟悉的聲音說，「我真覺得你到外邊來要比待在裡面舒服得多。」

第12章 — 沼地上的慘劇

我簡直不敢相信自己的耳朵。有一兩分鐘的時間我呆坐在那裡，仿佛呼吸都停止了。後來，我的神志恢復了，也能夠說話了，而那極爲沉重的責任也似乎立刻從我的心頭卸了下來。那種冰冷、尖銳而且含嘲帶諷的語調在這個世界上只可能屬於一個人。

「福爾摩斯！」我喊了起來，「福爾摩斯！」

「出來吧！」他說道，「請當心你那把左輪手槍。」

我從粗糙的門框下面弓著身鑽出來，他就坐在外面的一塊石頭上。看到我那副吃驚的表情，他那灰色的眼睛開心得轉動起來。他顯得又瘦又黑，可是清醒而機警，他那張刀削般的面孔被日光曬成了棕色，被風沙吹得粗糙了。在那身蘇格蘭呢衣服和布禮帽下面，他看起來和其他在沼地上旅行的人沒有什麼兩樣。他竟然還能像貓那樣維持著個人清潔，這是他一貫的風格，他的下巴刮得光光的，衣服也還像是住在貝克街時一樣的纖塵不染。

「在我一生中，還沒有因爲看見某個人而如此開心過。」我一邊用手搖晃著他一邊說。

「不如說如此吃驚吧，啊？」

「噢，我不得不承認確實如此。」

「其實並不只是你單方面感到吃驚呢。我跟你說，在我距離這門口不到二十步之前，我眞沒有想到你已經找到了我的臨時藏身處，更想不到你已經藏在屋裡了。」

「我想，是我的腳印暴露了我吧？」

「不，華生，我恐怕還不能保證能從全世界人的腳印裡辨認出你的腳印來呢。如果你眞的想把我矇騙過去的話，你就一定要換換你的紙菸牌子，因爲我一看到菸頭上印著『**布萊德雷，牛津街**』，就知道我的朋友華生就在附近。在小路邊你還能找到它呢。毫無疑問，就是在你衝進空屋的那個緊要關頭，把它扔掉的。」

「正是。」

「我想到了這點，而又素知你那値得佩服、堅韌不拔的性格，我就斷定你正在暗中坐著，手中握著武器，等待著屋主人回來。你眞的以爲我就是那個逃犯吧？」

「我並不知道你是誰，可是我決心要搞清楚。」

「好極了，華生！你是怎麼判斷出我的藏身地點的？也許，是在追捕逃犯的那天晚上，我不小心站在初升的月亮面前，被你看到了吧？」

「對，那次我看到你了。」

「毫無疑問，你一定找遍了所有的小屋才找到這間石屋吧？」

「沒有，我看到了你雇用的那小孩了，是他指引了我搜尋的方向。」

「準是在有一架望遠鏡的那位老紳士那裡看到的吧。當我頭一眼看到那鏡頭上閃爍的反光時，我還弄不清是什麼呢。」他站起來朝小屋裡望了一眼，「哈，我看到卡特萊又爲我送來一些儲備了，這張紙是什麼？原來你已經去過庫姆比崔西了，是嗎？」

「是的。」

「是去找蘿拉・萊昂斯太太嗎？」

「完全正確。」

「幹得好！咱們的調查顯然是朝著同一個方向，當咱倆把調查結果湊到一起的時候，我希望咱們能對這件案子有相當充分的瞭解。」

「嘿，你能在這裡，我打心裡感到高興，案情如此的神秘，而你給我的任務又是如此重大，我的神經實在承受不住了。可是你究竟是怎麼到這裡來的呢？來了之後你又都幹了些什麼？我以爲你還在貝克街忙那件匿名恐嚇信的案子呢。」

「我正希望你這樣想呢。」

「這麼說，你委託我，但是並不信任我！」我帶著幾分氣惱喊道，「我覺得我在你眼裡還不至於如此的無能吧，福爾摩斯。」

「我親愛的夥伴，和其他的案件一樣，在這件案子裡你對我的幫助是無可估量的，如果看上去我似乎對你耍了什麼花招的話，那麼我請你原諒。實際上，我之所以要這樣做，一部分也是爲了你的緣故，正是因爲體會到了你所冒的險，才促使我來這裡親自探察這件事。如果我和亨利爵士，還有你在一起，我們只能從同一個角度觀察事態的發展，而且我的出現無異於提醒我們非常可怕的對手，使他們加倍警覺。像現在這樣，我可以隨心所欲地自由行動，而要是我一直住在莊園裡的話，那就根本沒有可能了。我在這件事上保持一個不爲人知的角色，是爲了積聚力量，在緊要關頭全力以赴。」

「可是爲什麼要把我蒙在鼓裡呢？」

「因爲若你知道了，對我們的行動毫無幫助，也許還可能因此使我被人發現。你肯定會希望來告訴我些什麼，或者出於你的好意，給我送來一些日常用品什麼的，這樣咱們就要多冒一些不必要的風險。我是帶著卡特萊一起來的——你還記得傭工介紹所的那個小傢伙吧——我的一些簡單的需求都由他來照料：一塊麵包，一副潔淨的襯領，一個人還能有什麼更多的需求呢？他等於幫我添了一對額外的眼睛和一雙勤快的腳，而這兩樣東西對我來說，都是無價之寶。」

「那麼說，我寫的那些報告都白費了！」想到在寫那些報告時的辛苦和自豪交織的心情，我的聲調都顫抖起來了。

福爾摩斯從衣袋裡拿出一卷紙來。

「這就是你的報告，我親愛的夥伴，我向你保證，我全都非常仔細地讀過了。我做了周密的安排，它們在路上只耽擱了一天就轉到了我的手中。對你在處理這件極端困難的案子時所表現的熱情和智慧，我由衷地表示讚賞。」

因爲受了愚弄，我心裡多少還有些不舒服，可是福爾摩斯這些熱情洋溢的讚美詞驅散了我心中的怨氣。我內心也覺得他說得很對，我不知道他隱藏在沼地裡的這件事，對達到我們的目的確實大有助益。

「這就好了，」他看到陰影已從我的臉上消失後說道，「現在，把你拜訪蘿拉・萊昂斯太太的結果告訴我吧。你到那裡就是去找她的，對我來說要猜到這一點並不困難，因爲我已經知道，在庫姆比崔西，她是唯一一個在這起案件中能對我們有所幫助的人。說眞的，如果你今天沒有搶先一步去了那裡，很可能明天我就會去的。」

太陽已經落山了，暮色籠罩著整個沼地。空氣已經變得涼了起來，我們於是就退回到小屋中取暖。在昏暗中我們坐在一起，我把和那位女士的談話內容告訴了福爾摩斯。他非常感興趣，以至於某些部分我不得不重複兩遍，他才表示滿意。

「這非常重要，」等我敘述完後他說道，「在這起極爲複雜的事件中，它將我無法聯結的一個缺口給補上了。也許你已經知道了，在這位女士和斯特普爾頓先生之間存在著一種極爲親密的關係吧？」

「我並不知道有什麼親密的關係啊！」

「這一點毫無疑問。他們經常見面，經常通信，彼此十分瞭解。現在，這種關係使我們手中多了一件非常有力的武器。只要我們利用這一點對他妻子進行分化——」

「他的妻子？」

「我現在提供給你一些情況，來作爲你所提供給我一切的回報吧。那個在此地被人稱作斯特普爾頓小姐的女士，實際上就是他的妻子。」

「天哪，福爾摩斯！你能肯定你說的話嗎？那他怎麼又會允許亨利爵士與她相愛呢？」

「亨利爵士的墮入情網，除了對亨利爵士本人之外，對誰都不會有什麼傷害。正如你親眼所見，他格外留意，不讓亨利爵士有機會向她表示愛意。我再重複一遍，那位女士就是他的妻子，而根本不是他的什麼妹妹。」

「可是，他爲什麼要煞費苦心地策劃這麼一場騙局呢？」

「因爲他早就預見，讓她裝扮成一個未婚的女子對他要有用得多。」

我所有暗中猜測和模糊的懷疑突然一下子變得具體起來，並且全部集中到那位生物學家身上。在這戴著草帽拿著捕蝶網的、缺乏熱情和特色的人身上，我好像看出了什麼可怕的東西——無比的耐性和狡詐，一副佯裝的笑臉和狠毒的心腸。

「這麼說，咱們的敵人就是他，在倫敦跟蹤咱們的也就是他？」

「我就是這樣看破了這個謎的。」

「而那個警告——一定是她發的！」

「正是。」

在我心頭縈繞已久，半是親歷半是猜想的，一樁極爲可怕的罪行已在黑暗之中隱約地顯現出來了。

「但是對此你能肯定嗎，福爾摩斯？你怎麼知道那女人就是他的妻子呢？」

「因爲在他第一次和你見面的時候，曾經無意中把他的一段眞實身世告訴了你。我敢說，從那時起，他曾不止一次地爲此感到後悔。他確實曾經在英格蘭北部一所小學當過校長。如今，再沒有比一個小學校長更容易被調查的了，通過教育部門任何一個曾在教育界工作過的人，其身分都能得到確證。我只做了一個小小的調查，就弄清了曾有一所小學，在極爲惡劣的情況下垮台，而學校的負責人——當然姓名完全不一樣——和他的妻子不知去向。他們的相貌特徵完全吻合。當我瞭解到那名失蹤的男士也同樣癡迷昆蟲學之後，人物鑑定的工作即告圓滿結束。」

黑幕正在逐漸揭起，但大部分眞相還仍然隱藏在陰影中。

「如果那個女人眞是他的妻子，那麼蘿拉・萊昂斯太太又是從哪裡插進來的呢？」我問道。

「這正是問題的關鍵之一，而這個關鍵已通過你的探察揭示出來了。你對那位女士的訪問已經使情況明朗了許多。我原先並不知道她和她丈夫正在爲離婚鬧官司。如果她確實曾計畫離婚，而又把斯特普爾頓當作未婚男子，那麼她無疑是想成爲他的妻子了。」

「可是，如果她弄清了這騙局呢？」

「啊，眞是那樣的話，我們就會發現這位女士對我們的用處了。我們目前的當務之急就是去找她——咱倆明天就去。華生，你不覺得你離開自己的職責已經太久了嗎？你的崗位應該是在巴斯克維爾莊園啊。」

最後的一抹晚霞也在西方消失了，夜色降臨了沼地。在藍紫色的天空中，閃爍著幾點若明若暗的星光。

「還有最後一個問題，福爾摩斯，」我一邊站起身一邊說道，「當然了，在你我之間是無需保守什麼秘密的。這一切究竟意味著什麼？他這樣做的目的何在呢？」

福爾摩斯壓低了聲調回答我：「這是謀殺，華生，是件策劃周密、冷酷殘忍的蓄意謀殺。不要再問我細節了。就像他圍繞著亨利爵士張設羅網一樣，我的網也已緊緊地罩住了他，再加上你的協助，他已經幾乎是我的囊中之物了。只剩下一種危險值得我們擔心，就是說不定他會在我們準備工作完成之前搶先下手。再過一天——最多兩天——我就會把一切安排就緒；但是在此以前，你得像一個慈愛的母親照看她生病的孩子那樣緊緊地守護好你所保護的人。事實證明，你今天所做的事是正確的，但我還是希望你以不離開他的身邊爲好。聽！」

一陣可怕的尖叫聲——一陣充滿恐懼與暴怒，連續不斷的喊叫聲衝破了沼地上的寂靜。那恐怖的喊聲使我血管裡的血液幾乎都爲之凝固了。

「噢，我的上帝！」我倒吸一口涼氣，「這是什麼？這是什麼意思？」

福爾摩斯猛地站了起來，我看到他那黝黑如運動員般的身體站在小屋門口，雙肩下垂，頭向前方探出，滿臉急切地朝黑暗之中張望。

「噓！」他輕聲說道，「不要出聲。」

由於事態激烈，喊聲很大，起初那喊聲是從黑鴉鴉的平原上一個很遠的地方傳過來的，而現在衝進我們耳鼓的聲音，已顯得愈來愈近，愈來愈響，也比以前更加急迫了。

「是哪一邊？」福爾摩斯低聲問道。從他那激動的聲音裡我知道，像他這樣有著鋼鐵般堅強意志的人，此刻內心深處也是深受震驚。「是哪一邊，華生？」

「我想是那邊吧。」我向黑暗之中指去。

「不，是那邊。」

痛苦的喊叫聲再一次響徹寂靜的夜空，聲音愈來愈大，也比以前更近得多了。又有一種新的聲音混雜了進來，一種深深的、低沉的咆哮，既悅耳而又恐怖，一起一落的，就像是大海發出的一波波永無休止的低吟。

「是獵狗！」福爾摩斯喊了起來，「來呀，華生！快！天哪！說不定我們已經趕不及了！」

他開始在沼地上迅速地奔跑起來，我緊緊跟在他的後面。可是，突然間，就在我們前面那片碎石參差、凹凸不平的陵地中，傳來最後一聲的絕望慘叫，接著就是模糊而沉重的咕咚一聲。我們停住腳步仔細傾聽，再沒有別的聲音打破無風之夜的死寂了。我看到福爾摩斯把手按在額頭上，像是個神經錯亂的人似的，不停地在地上跺著腳。

「他已經打敗咱們了，華生。咱們來得太晚了。」

「不，不會，一定不會。」

「我眞是個笨蛋，遲遲不採取行動，而你呢，華生，瞧瞧你撇下應該保護的人不管的後果！天哪！如果不幸終於發生了的話，我們一定要向他報復。」

我們在黑暗之中看不清道路，只是向前亂跑，時而撞在亂石上，時而又誤入金雀花叢，只好奮力擠出一條出路，我們氣喘吁吁地跑上小山，再順著另一面斜坡衝下去，一直朝著那可怕的聲音傳來的方向前進。每到一處地勢較高的地方，福爾摩斯都要焦急地向四周張望，可是沼地裡黑暗異常，在荒涼的地面上，沒有一件東西在移動。

「你看到什麼沒有？」

「什麼也沒看到。」

「可是你聽，那是什麼聲音？」

一陣低低的呻吟傳進了我們的耳朵，又是在我們的左邊！

在那面有一條岩脊，盡頭處是筆直的峭壁，下面是一片多石的山坡。在那坑窪不平的地面上，平攤著一堆黑黑的、形狀不規則的物體。當我們跑近它的時候，模糊的輪廓變得清楚起來。原來是一個人，頭朝下趴伏在地上，腦袋以一種可怕的姿勢窩在身體下面，肩膀和身體向裡蜷曲成一團，好像是要翻跟斗的樣子。他的樣子如此特別，使我一時都不能相信，剛才聽到的聲音就是他臨死前靈魂脫離軀殼那一刻發出來的。直到我們摸黑來到近前，俯身查看，他也沒有發出一點聲音，臥在那裡一動不動。福爾摩斯伸手抓住他，把他提了起來，隨即發出一聲驚呼。他劃著了一根火柴，亮光照出了那死人緊攥在一起的手指，也照出了由他那破裂的頭骨裡流出來的，正慢慢擴大著的一灘可怕鮮血。火光還照清楚了另一件事，使我們痛心得幾乎昏厥過去——這正是亨利·巴斯克維爾爵士的屍體！

我們倆誰也不可能忘記那身顏色特別的發紅的蘇格蘭呢衣服——就是那天早晨我們在貝克街

第一次見面時他穿的那一套。我們只來得及清楚地瞥上一眼，那根火柴閃了閃就熄滅了，就像是希望離開了我們的靈魂一樣。福爾摩斯呻吟著，在黑暗中也能看得出他的臉色慘白。

「這個畜生！畜生！」我緊握著雙拳，喊著，「福爾摩斯，我永遠也不能原諒自己，我竟離開了他的身旁，以致他遭到了厄運。」

「我的罪過比你還要重，華生。爲了做好破案前的各方面準備工作，我竟然把我們委託人的性命棄之不顧。在我一生的事業當中，這是我受到的最大的打擊了。可我怎麼會知道——我怎麼能知道——他居然不顧我的一切警告，獨自一人冒著生命危險，跑到沼地裡來呢？」

「咱們聽到了他的呼救聲——我的上帝啊，那陣叫喚呀！——可是竟然救不了他！那隻把他置於死地的獵狗在哪裡呢？牠現在可能正在亂石堆中來回遊蕩呢。還有斯特普爾頓，他在哪裡？他一定得對這件事負責。」

「他會負責的。我保證要讓他負責的。伯父和侄子，已經有兩個人被殺死了——一個是一看到那隻他認爲是妖魔的畜生就被嚇死了；另一個雖然曾經拼命奔逃，也未能免於死亡。現在咱們得設法證明這人畜之間的關係了。如果不是咱們親耳聽到那聲音，咱們甚至至今都不能肯定那畜生眞的存在，因爲亨利爵士顯然是摔死的。可是，老天在上，不管他多麼狡猾，過不了明天，我就要抓住這傢伙！」

我們痛心地佇立在這具血肉模糊的屍體兩側。經過這麼長一段時間的辛苦奔勞，最後竟然落得如此悲慘的結局，這個突然降臨的無可挽回的災難，使我們的心情異常沉重。後來，月亮升起之後，我們爬上我們可憐的朋友墜落喪生的那塊山岩的最高處，居高臨下，俯瞰著被黑暗籠罩著的沼地。整片沼地上，只零星閃爍著幾點半晦半顯的光亮。幾英里開外的遠處，在朝著格林盜的那個方向，有一點單獨的黃色火光在閃亮，那只可能是來自斯特普爾頓家那所孤零零的房子。我兩眼瞪著那裡，一面狂怒地對著它揮舞著拳頭，並狠狠地咒罵了一句。

「咱們為什麼不立刻抓住他呢？」

「咱們結案的條件還沒有成熟。那傢伙非常細心，而且極其狡猾；問題不在於我們已經瞭解了多少情況，而在於我們能證明些什麼。只要我們走錯一步，那惡棍就可能從咱們手中溜走。」

「那我們該怎麼辦呢？」

「明天咱們有的是該做的事，今天晚上，也就只能給我們可憐的朋友料理料理後事了。」

我們倆一同下了陡坡，向屍體走去，在銀白色的石頭上，那黑色的身體能看得很清楚；那種四肢扭曲痛苦的樣子使我感到心酸，淚水模糊了我的眼睛。

「咱們非得找人來幫忙不可了，福爾摩斯！咱們無法把他一路抬到莊園去——」我的話還沒有說完，就聽見他大叫一聲，在屍體旁邊彎下了身。我見狀不禁喊道，「天哪，你瘋了嗎！」福爾摩斯手舞足蹈，大笑著抓住我的手亂搖。難道這就是我那一向嚴肅而穩重的朋友嗎？這可真是悶火燒得旺啊！

「鬍子！鬍子！這人有鬍子！」

「鬍子？」

「這不是準男爵——這是——啊，這是我的鄰居，那個逃犯！」

我們急忙把死屍翻了過來，那撮直滴著鮮血的鬍鬚，直翹向冰冷而清澈的月亮。毫無疑問，那突出的前額，那野獸般深陷的眼睛，確實就是那天在燭光下從岩石背後，閃露在我眼前的那張面孔——逃犯塞爾登的面孔。

一時間我全都明白了。我記得準男爵曾經告訴過我，他曾把他的舊衣服送給了巴瑞摩。巴瑞摩把這些衣服轉送了出去，好幫助塞爾登逃跑，靴子、襯衣、帽子——全都是亨利爵士的。這齣悲劇可真是夠慘的，可是按照這國家的法律，這個人至少死得不冤。我把事情的來由告訴了福爾摩斯，慶幸和驚喜使我的心臟都要從胸腔裡跳出來了。

「那麼說，這身衣服就是這可憐的傢伙致死的原因了，」他說道，「事情很清楚了，那隻獵狗是先嗅聞了亨利爵士穿用的東西後，才被放出來進行

追蹤的——很可能就是那隻在旅館裡失竊的高筒皮鞋——因此這個人才被追得墜崖身亡。可是有一點非常奇怪：在黑暗之中，塞爾登怎麼會知道那隻獵狗尾隨在他身後的呢？」

「他聽到了牠的聲音。」

「在沼地裡聽到一隻獵狗的聲音，絕不會使逃犯這樣殘忍的人恐懼到如此地步，甚至冒著再次被捕的危險狂呼求救。根據他的喊聲判斷，當他發現那狗在追逐他之後，他一定拼命地跑了很長的一段路。他是怎麼發現的呢？」

「尤其還有一件我感到神秘的事，假如咱們的推斷完全正確的話，那麼這隻狗爲什麼——」

「我沒有推斷任何事。」

「好吧，那麼爲什麼這隻狗單單今晚被放出來呢？我想那隻狗總不會在沼地裡跑來跑去的。除非有理由認定亨利爵士會到沼地裡去，否則斯特普爾頓是不會把牠放出來的。」

「在這兩個難題當中，我的困難麻煩更大些，因爲我認爲，我們很快就可以爲你那個疑問找到答案，而我的問題則可能永遠是個謎。現在的問題是，我們怎麼處置這個可憐壞蛋的屍體，咱們總不能把他留在這裡餵狐狸和烏鴉啊！」

「我建議在我們與員警取得聯繫之前，先把他放進一間小石屋裡去。」

「好極了，我相信你我可以抬得動他。哇，華生，這是怎麼回事？正是他，眞是大膽得出奇！你不要說一句顯出懷疑的話，一個字也不要說，否則我的計畫就要全泡湯了。」

一個身影正穿過沼地向我們靠近，我看見有一點雪茄菸頭的火光隱約在閃動。月光照在他的身上，我能辨認出那位生物學家短小精悍的身材和輕快得意的腳步。他一看見我們便停住了腳步，然後又向前走了過來。

「啊，華生醫生，不會是您吧，是嗎？我怎麼也想不到在這麼晚的時候會在沼地裡看到您。噢，我的天，這是怎麼回事？有人受傷了嗎？不——不要告訴我這是我們的朋友亨利爵士！」他匆匆穿過我們身邊，在那死人的身旁彎下身去。我聽到他猛然倒抽了一口氣，雪茄也從他的手指間掉了下來。

「誰，這是誰呀？」他結結巴巴地說。

「是塞爾登，從王子鎮逃跑的那個人。」

斯特普爾頓轉向我們，面色蒼白，可是他以極大的努力抑制住了驚慌和失望的表情。他兩眼死死地盯著福爾摩斯和我。

「天哪！太令人震驚了！他是怎麼死的？」

「看樣子他似乎是從這些岩石上掉下來摔斷了脖子。當我們聽到喊聲的時候，我和我的朋友正在沼地裡散步。」

「我也聽到了喊聲，因此我才跑了出來，我很不放心亨利爵士的安全。」
「爲什麼單單是亨利爵士呢？」我忍不住問了一句。
「因爲我已經約他來了，可令我驚訝的是他並沒有來，因此當我聽到沼地裡傳來喊聲的時候，我自然要爲他的安全而大感驚慌了。」他的眼光再次從我的臉上忽地轉向福爾摩斯，「除了那喊聲之外，您還聽到了什麼別的聲音沒有？」
「沒有。」福爾摩斯說，「您呢？」
「也沒有。」
「那麼，您這樣問是什麼意思呢？」
「啊，您總知道農夫們談論關於一隻鬼怪似的獵犬以及諸如此類的故事吧，據說在夜間的沼地裡能夠聽得見。剛才我正在想，今晚會不會聽得到這樣的聲音呢。」
「我們沒有聽到這一類的聲音。」我說道。
「那麼你們認爲，這個可憐的傢伙是怎麼死的呢？」
「我可以肯定，焦慮緊張的心情和餐風露宿的生活已經把他逼瘋了。在失去理智的情況下他在沼地裡發瘋地奔跑，最後則在這裡跌了一跤，把脖子摔斷了。」
「看來這是最合理的解釋了，」斯特普爾頓說道，隨後長嘆了一口氣。依我看，這表示他已放了心了，「您認爲怎麼樣，夏洛克．福爾摩斯先生？」

我的朋友禮貌地欠身還禮。

「您認人認得眞快。」他說道。

「自從華生醫生到來後，我們一直盼著您也能來。您倒是及時趕上了這一齣悲劇。」

「是的，確是如此，我不懷疑我朋友的解釋已經概括了全部事實。明天我將帶著這樁不愉快的回憶返回倫敦去了。」

「喔，您明天就回去嗎？」

「我是這樣打算的。」

「我希望您的這次來訪，多少能把這些困惑我們的事件理出一點眉目來。」

福爾摩斯聳了聳肩。

「人並非總能按照自己的主觀希望那般得到成功的。一個調查者需要的是事實而不是傳說和謠言。這不是一個令人滿意的案例。」

我的朋友以他那極爲坦誠而漫不經心的神態講著。斯特普爾頓還是死盯著看他，然後他又向我轉過身來。

「我本想建議把這可憐的傢伙弄到我家裡去，可是他一定會讓我妹妹大感驚恐，因此我覺得還是不要這樣做的好。我想如果我們用什麼東西把他的頭遮住，他可以安全無事地在這裡留到明天早晨。」

事情就這樣定了。謝絕了斯特普爾頓的好心邀約，福爾摩斯和我開始向巴斯克維爾莊園走去，剩下生物學家獨自回家。我們回頭望，看到那背影還在廣闊的沼地上緩地向遠方走去；在他的身後，白茫茫的山坡上有一個黑點，標示著得到如此可怕的下場的那個人躺著的地方。

「咱們終於快要抓住他了，」當我們一起走過沼地的時候，福爾摩斯說，「這傢伙的神經可眞夠堅強的！當他發現他那陰謀的犧牲品不是他要加害的對象時，在面對本應使人萬分驚愕的情況時，他表現得是多麼的鎭定啊。我在倫敦時曾對你說過，華生，現在我還要再對你說一遍，咱們從來沒遇見過一個比他更値得一鬥的對手呢。」

「我感到很遺憾，讓他看到你。」

「我起初也這樣覺得，可是這是沒辦法的事。」

「現在他已知道你在這裡，你認爲對於他的計畫會發生什麼影響呢？」

「這可能會使他更加謹愼，也可能會促使他立刻採取不計後果的手段。和大多數聰明的罪犯一樣，他可能會對自己的小聰明過分自信，以爲他已經把咱們完全矇騙過去了。」

「咱們爲什麼不馬上逮捕他呢？」

「我親愛的華生，你天生就是個迅速行動的人，你的本能總是促使你想痛痛快快地幹點什麼。咱們可以設想一下，假如咱們今晚把他逮捕了，對咱們究竟有什麼好處呢？對他不利的事，咱們什麼也證明不了。這裡邊有魔鬼一般狡詐的圈套，如果他通過某個人來實施行動，咱們總可以找到些證據，可是如果咱們在光天化日之下拉出這條大狗來，對咱們要把牠的主子繩之以法的目的是毫無幫助的。」

「咱們當然有證據啊。」

「連個影子也沒有！——全不過是些推測和猜想罷了。如果咱們帶著這樣一段故事和這樣的『證據』上法庭，眞會被人家給哄笑的呢。」

「查理斯爵士的死不就是證據嗎？」

「他是死了，可是身上一點傷痕都沒有。你和我都知道他死於極度的驚嚇，而且咱們也知道是什麼把他嚇死的，可是咱們怎樣才能使十二位陪審員相信這一點呢。哪裡有獵犬的蹤跡，哪裡有牠那犬牙咬齧的痕跡呀？咱們當然知道，獵犬是不會咬死屍的，而查理斯爵士又是在那畜生接近他之前死的。所有這些東西咱們都得加以證明才行，可是我們現在卻做不到這一點。」

「那麼，今晚的事呢？不是證明嗎？」

「今天晚上，咱們的情況也沒有好多少。又像上次一樣，獵犬和那人的死亡之間沒有什麼直接的聯繫。咱們沒有見到那隻獵狗，只是聽到牠的聲音，咱們無法證明牠就跟在那人的後面，一點依據都沒有。不，親愛的夥伴，咱們必須使自己接受一個事實：咱們目前沒有任何確定的結論，因此任何能獲得確切結論的冒險行動都值得咱們一試。」

「那麼你打算怎麼做呢？」

「我對蘿拉・萊昂斯太太所能給予咱們的幫助抱有很大的期望，只要把實情向她講明就行了。此外我還有自己的計畫。爲明天的事瞎操心不是好習慣，可是我希望到明天所有的疑團都能揭開。」

我從他口中再也問不出什麼東西來了，直到抵達巴斯克維爾莊園的大門之前，他一路都沉浸在默思冥想當中。

「你也進去嗎？」

「嗯，我看沒有什麼理由再躲起來了。可是，最後還有一句話，華生。別對亨利爵士提到任何關於那獵狗的事。就讓他把塞爾登的死想像成斯特普爾頓所希望我們相信的那樣子吧。這樣他就能以較堅強的神經去迎接明天必須經歷的苦難了。如果我沒有記錯你的報告，他們已經約好明天要到斯特普爾頓家去吃晚飯了。」

「他們也約了我。」

「那麼，你一定得找藉口謝絕，他必須獨自前去。那樣就容易安排了。現在，如果說已經錯過了晚飯時間的話，我想咱們兩人可以吃宵夜了。」

第13章 張網

亨利爵士見到夏洛克・福爾摩斯，與其說是驚訝，不如說是高興，因爲幾天來他一直在盼望著，最近發生的事會促使他從倫敦來到這裡。可是，當他發現我的朋友既沒有帶任何行李，也沒有對此加以解釋的時候，不禁驚訝得睜大了眼睛。我們倆很快就滿足了他的好奇心，在吃完一頓很晚的宵夜後，我們把所遭遇的事情中，應該讓準男爵知道的部分都儘量講給他聽了。此外我還承擔起一項不愉快的使命，負責把塞爾登死亡的消息透露給巴瑞摩夫婦。對巴瑞摩來說，這消息可能使他如釋重負，但是巴瑞摩夫人聽了之後，竟兩手抓著圍裙抽泣起來。對全世界的人來說，他都是個殘暴的、半是野獸半是魔鬼的人；可是在她的心目中，他卻始終是小時候和她形影不離的那個任性的、總抓著她的手不放的孩子。

「自從早上華生醫生出去之後，我在家裡一整天都感到悶悶不樂，」準男爵說道，「我想我應該受到表揚，因爲我遵守了我的諾言。如果我沒有發過誓說決不單獨外出的話，也許我會度過一個相當愉快的夜晚的，因爲我曾接到斯特普爾頓的口信，請我到他那裡去。」

「我相信您如果眞的去了，一定會有一個相當愉快的夜晚，」福爾摩斯冷冷地說道，「可是，我們卻曾以爲您已摔斷了脖子而大爲傷心呢，我想您知道了這一點，總不會感到開心吧？」

亨利爵士睜大了眼睛吃驚地問：「怎麼回事啊？」

「那個可憐的壞蛋穿的是您的衣服，我想您那位送他衣服的僕人或許會在員警那裡惹上麻煩。」

「恐怕不會。至少據我所知，那些衣服一件也沒有記號。」

「那他眞是幸運——事實上你們都很幸運，因爲在這件事情裡，從法律的角度講，你們都已經犯了罪。作爲一個公正的偵探，我幾乎可以肯定，首要職責就是將你們全家逮捕。華生的報告就是爲你們定罪的最有力的證據。」

「可是咱們的案子怎麼樣了呢？」準男爵問道，「您從這一團亂中摸到什麼頭緒了沒有？我不認爲，自從我們到這裡以來，華生和我兩人有多麼高明的行動。」

「我想，不久我就可以把有關的情況弄得更清楚些了。這眞是一起極爲困難和最最複雜的案件，現在還有幾處疑點我們弄不明白——但是已經很接近了。」

「我們曾經有過一次經歷，華生一定早就告訴過您了。我們在沼地裡聽到了那獵狗的嗥叫聲，因此我敢發誓，那傳說不全是無稽的迷信。在美洲西部的時候，我曾與狗相處過一陣子，我一聽就能知道。如果您能爲這隻狗套上鎖鏈的話，我發誓您就是空前絕後最偉大的偵探。」

「我想只要您肯幫助，我就一定能給牠套上鐵鏈。」

「無論您讓我幹什麼我都幹。」

「很好，而且我還得要求您盲目地去做，不要總是追問理由。」

「全聽您的。」

「如果您這樣做，我想咱們的小問題不久就可以解決了。我確信——」

他突然住口不說了，凝神注視著我頭頂上方。燈光照在他的臉上，那樣的專心，那樣的安靜，仿佛一尊輪廓鮮明的古典雕像，儼然就是智者和預言家的化身。

「什麼啊？」我和亨利爵士都喊了起來。

當他把目光收回來的時候，我看得出來，他在極力抑制著內心的激動。他的表情依然鎮靜自若，可是眼睛裡卻閃爍出狂喜的光芒。

「請原諒一個鑑賞家的讚美吧。」他一邊說著一邊揮手指著掛滿對面牆上的一排肖像，「華生是不會承認我懂得什麼藝術的，可是，那不過是嫉妒罷了，因爲我們對作品的理解完全不同。啊，這些人像畫得眞好。」

「噢，聽您這樣說我很高興，」亨利爵士說道，同時帶著幾分驚異的眼光望著我的朋友，

「對於這些東西，我不敢假充內行。我對馬或是牛要比對一張畫更有發言權。我眞不知道您竟能有時間搞這些玩藝兒。」

「好在哪裡，我一眼就能看出來，我現在就看出來了。我敢發誓，那是一張奈勒的作品，就是那邊那個穿著藍綢衣服的女士；而那個戴著假髮的胖紳士則一定出自雷諾茲的手筆。我想這些都是您家族裡人的肖像吧？」

「全部都是。」

「人名您都知道嗎？」

「巴瑞摩曾就此給我上過一課，我想我的功課做得相當不錯。」

「那位拿著望遠鏡的紳士是誰呀？」

「那是巴斯克維爾海軍少將，他曾於西印度群島在羅德尼將軍麾下任職。那位穿著藍外套、拿著一卷紙的是威廉．巴斯克維爾爵士，在皮特任首相時期，他是下議院委員會的主席。」

「還有我對面的這個騎士——穿著黑天鵝絨斗篷、掛著綬帶的這位呢？」

「啊，您可得知道他——他就是品性惡劣的雨果，一切不幸的根源，巴斯克維爾獵犬的傳說就是從他開始的。我們不會忘掉他的。」

我也饒有興趣並帶著幾分驚奇地望著那張肖像。

「天哪！」福爾摩斯說，「他看上去就像一位態度安詳性情柔順的好好先生，可是我敢說，在他的眼神裡暗藏著乖戾的煞氣。我曾把他想像成一個粗暴、兇殘的人呢。」

「這畫像的眞實性是不容懷疑的，因爲主角的姓名和繪製的年代——『一六四七』就寫在畫布的背面。」

福爾摩斯沒有再多說什麼，可是那老酒鬼的畫像似乎對他產生了魔力，在吃宵夜的過程中，他還不斷地瞄著那張畫像。直到後來，當亨利爵士回到他自己的房間以後，我才摸清了他的思路。他帶著我回到宴會廳，手裡拿著寢室的蠟燭，高舉起來，照著牆上那幅因年代久遠而顯得色澤暗淡的肖像。

「你在畫像上能看出什麼東西來嗎？」

我望著那裝有羽飾的寬簷帽，額角的捲曲髮絲，鑲著白花邊的領圈和這些陪襯中間的那副一本正經的嚴肅面孔。那薄薄的雙唇，緊閉的嘴巴，冷漠而頑固的眼神，雖說不上暴戾，卻也顯得粗魯、尖刻和嚴峻。

「像不像一個你認識的人？」

「下巴有些像亨利爵士。」

「也許有那麼一點。等會兒！」他站到椅

子上，左手舉起蠟燭，彎曲右臂遮掩住寬簷帽和下垂的長條髮卷。

「天哪！」我驚訝地叫了起來。

斯特普爾頓的面孔像是由畫布裡活脫脫地跳了出來。

「哈，你看出來了吧。我的眼睛是久經訓練的，能撇開附屬的裝飾物直視其本來面目。這是罪犯偵察人員的首要特點，必須能看破任何僞裝。」

「但這也太神奇了，簡直就是他的畫像呢。」

「是啊，這的確是一個隔代遺傳的有趣實例，而且同時表現在肉體和精神兩方面。研究家族肖像足以使人相信往生輪迴的說法。顯而易見，這傢伙是巴斯克維爾家的後代。」

「還懷著篡奪財產繼承權的陰謀呢。」

「完全正確。這畫像碰巧給了我們一個顯然是最迫切需要的線索。咱們抓住他了，華生，咱們抓住他了。我敢發誓，不用到明晚，他就要在咱們的網子裡像他自己的蝴蝶那樣，絕望地亂拍翅膀了。只要一根針、一塊軟木和一張卡片，咱們就可以把他放進貝克街的標本室裡去了！」

當他轉身離開那幅畫像的時候，突然爆出少有的大笑。我不常聽到他笑，只要他一笑，總是說明有人就要倒楣了。

隔天早晨我很早就起來了，可是福爾摩斯比我還要早些，因爲在我穿衣服的時候，看到他正沿著車道從外邊走回來。

「啊，今天咱們得好好地忙一天！」他說著，一面帶著行動之前的興奮搓著雙手，「網全都張好了，馬上就要往回收了。究竟是咱們把那條尖嘴大梭魚捉住呢，還是牠由咱們的網眼裡溜掉，今天就能見分曉。」

「你已經去過沼地了嗎？」

「我已經由格林盜發了一份關於塞爾登死亡的報告到王子鎮去了。我想我可以保證，你們當中誰也不會因爲這件事而惹上麻煩了。我還和我那忠實的卡特萊取得了聯繫，如果我不讓他知道我平安無事的話，他一定會像一隻守在主人墓邊的狗一樣在我那小屋門口空盼到死的。」

「下一步怎麼辦呢？」

「去找亨利爵士。啊，他來了！」

「日安，福爾摩斯，」準男爵說道，「您看上去就像是一個正和參謀長策劃戰役的將軍。」

「正是這樣。華生正在向我請求命令呢。」

「我也是來聽候差遣的。」

「很好，據我瞭解，您接到邀請，今晚要到咱們的朋友斯特普爾頓家吃晚餐？」

「我希望您也去。他們很好客，而且我敢說，他們見到您一定會很高興的。」

「恐怕華生和我必須要去一趟倫敦呢。」

「去倫敦？」

「是的，我想在這個時候我們去倫敦要比在這裡更有用得多了。」

準男爵的臉上明顯露出了不高興的樣子。

「我希望您能看著我渡過這一關。一個人獨自面對莊園和這片沼地可不是一件愉快的事。」

「我親愛的夥伴，您一定得完全信任我，徹底按照我吩咐您的那樣去做。您可以告訴咱們的朋友說，我們本來是很樂意跟您一起去的，可是有件急事要求我們一定得回到城裡去。我們希望很快就能返回到德文郡來。您能把這口信帶給他們嗎？」

「如果您堅持的話。」

「我向您保證，沒有其他更好的辦法了。」

我從準男爵緊鎖的眉頭上可以看出，他認爲我們拋棄了他，而正感到深受傷害。

「你們打算什麼時候走呢？」他語氣冷冰冰地問道。

「吃完早餐就走。我們要先坐馬車到庫姆比崔西去，華生會把他的行李都留在這裡，作爲他還會回到這裡來的保證。華生，你應當寫封信給斯特普爾頓，告訴他你很遺憾不能赴約才是。」

「我眞想和你們一同到倫敦去。」準男爵說，「我爲什麼要一個人留在這裡呢？」

「因爲這是您的職責所在。您曾經答應過我，我讓您做什麼就做什麼的，所以我讓您留在這裡。」

「那麼，好吧，我就留下。」

「再向您提一個要求，我希望您坐馬車去梅里琵宅邸，然後把您的馬車打發回來，讓他們知道，您打算走路回家。」

「徒步走過沼地嗎？」

「對。」

「可是，這正是您多次囑咐我不要做的事啊！」

「這一次您這樣做，保證安全。如果我對您的意志和勇氣沒有完全的信任的話，我是不會提出這樣的建議的。但最重要的是您千萬得照我說的去做。」

「那麼，我就這樣做吧。」

「如果您珍視您的性命的話，穿過沼地的時候，除了從梅里琵宅邸直通格林盜大道的直路之外，不要走任何別的方向，那是您最自然的回家路線。」

「我一定按照您所說的去做。」

「很好。我倒希望早餐後愈早動身愈好，這樣下午就能到倫敦了。」

雖然我記得福爾摩斯昨天晚上曾和斯特普爾頓說過，他的拜訪到第二天爲止，可是這個行程計畫還是使我大吃一驚，我怎麼也沒有想到他會希望我和他一起走。我也搞不清楚，在他口口聲聲說是最危險的時刻，我們兩人怎麼能全都離開呢？可是沒有別的選擇，只有盲目地服從。就這樣，我們向滿心不快的朋友告別，兩小時之後我們就到了庫姆比崔西車站，隨即把馬車打發回去。一個小男孩正在月臺上等著我們。

「有什麼吩咐嗎，先生？」

「卡特萊，你就坐這趟車進城吧！你一到城裡，馬上用我的名義給亨利・巴斯克維爾爵士發一封電報，就說如果他發現了我遺落在那裡的記事本的話，請他用掛號幫我寄到貝克街。」

「好的，先生。」

「現在你先到車站郵局去問問有沒有給我的信。」

那孩子一會兒便帶著一封電報回來了，福爾摩斯看了看便遞給我。上面寫著：

電報收到，攜空白拘票前去，五點四十分抵達。

雷斯垂德

「這是我早晨那封電報的回電，我認爲他是官方警探裡最能幹的了，咱們可能會需要他的協助。噢，華生，我想咱們最好是利用這段時間去拜訪一下你的相識蘿拉・萊昂斯太太吧！」

他的作戰計畫開始初露端倪。他利用準男爵是想使斯特普爾頓夫婦確信我們眞的已經離去，而實際上我們卻隨時都可能出現在任何可能需要我們的地方。如果亨利爵士向斯特普爾頓夫婦提起由倫敦發來的電報的話，他們心中最後一絲懷疑也就會完全打消了。我好像已經看到，我們圍繞那條尖嘴梭魚布下的網正在越拉越緊。

蘿拉・萊昂斯太太正在她的辦公室裡。福爾摩斯坦白直率的開場白有些出乎她的意料。

「我正在調查與已故的查理斯・巴斯克維爾爵士之死有關的情況，」他說道，「我的朋友華生醫生已經向我彙報了您所談過的話，同時還說，您有意隱瞞了若干與此事有關的事實。」

「我隱瞞過什麼？」她以挑釁似的口氣問道。

「您已經承認了，您曾要求查理斯爵士在十點鐘的時候到那門口去。我們知道，那正是他死亡的時間和地點。您隱瞞了這些事件之間的關聯。」

「這兩者之間毫無關聯！」

「如果眞是這樣，這倒確實是件出奇的巧合了。可是，我覺得我們總會找出其中的聯繫來的。我願意對您徹底坦白，萊昂斯太太，我們認爲這是一起謀殺案。根據已有的證據來看，不僅您的朋友斯特普爾頓會受到牽連，甚至還包括他的太太。」

那位女士猛地由椅子裡跳了起來。

「他的太太？」她驚呼道。

「這件事已不再是秘密了。被當作是他妹妹的人實際上就是他的妻子。」

萊昂斯太太又坐了下去，她兩手緊緊抓著椅子的扶手，我看到在她雙手緊握的壓力下，那粉紅色的手指都已泛白了。

「他的太太？」她又說了一遍，「他的太太！他沒結過婚啊！」

福爾摩斯聳了聳肩。

「拿出證據來啊！拿出證據啊！既然你們能這樣說的話。」她那閃爍著的可怕眼神，比什麼話都更能說明問題。

「我到這裡來就是準備給您證明的，」福爾摩斯一邊說著，一邊從口袋裡抽出幾張紙來，「這是四年前他們夫婦在約克郡拍的一張相片。背面寫的是『凡戴勒先生和夫人』，可是您不難認出他來，如果您和他太太見過面的話，她也是不難認出來的。這是幾個可靠的證人寄來的三份關於凡戴勒先生夫婦的資料，他那時開著一所聖．奧利弗私立小學。讀一讀吧，看您是否還會懷疑是不是這兩個人。」

她看了看他倆的合影，然後又抬起頭來望著我們，冷冰冰地扳著面孔，呈現出一種完全絕望的神情。

「福爾摩斯先生，」她說道，「這個人曾向我提議，只要我能和我丈夫離婚，他就和我結婚。這個壞蛋，他爲了騙我用盡所有花招。他跟我說的沒有一句是實話。可是爲什麼、爲什麼呢？我一直認爲他做的一切都是爲我著想。現在我才看清楚，我什麼都不是，只是他手裡的一個工具。他對我從來沒有一絲一毫的眞感情，我爲什麼還要對他保持忠誠呢，我爲什麼還要爲他掩護，使他逃避自己醜惡行爲的後果呢？您願意問什麼就問我吧！我什麼也不會再隱瞞了。不過有一點，我可以對您發誓，就是當我寫那封信的時候，我做夢也沒有想到會傷害到那位老紳士，他是我最好心的朋友了。」

「我完全相信您，夫人，」福爾摩斯說，「重述這些事情，對您說來一定非常痛苦。不妨讓我先把事情的原委說一遍，如果您發現與事實有什麼重大出入就糾正我，這樣或許可以容易一些。那封信是斯特普爾頓建議您寫的吧？」

「是他說給我寫的。」

「我想，他提出讓您寫信的理由是：您可以從查理斯爵士那裡得到經濟上的幫助，支付離婚訴訟中的費用吧？」

「正是這樣。」

「然後當您把信發出去之後，他又勸阻您不要赴約？」

「他對我說，爲這樣的目的而讓別人出錢會傷害他的自尊心，還說，他雖然不富裕，也要花盡自己最後一個便士，來消除使我倆分離的障礙。」

「看來他倒很像是個言行一致的人呢。直到您從報紙上看到那件死亡案的報導之前，再也沒有聽到過什麼吧？」

「是的。」

「他還曾叫您發誓，絕不要對任何人提起您和查理斯爵士的約會吧？」

「是的，他說那是一件很神秘的意外死亡，如果眞相傳出去的話，我一定會招來很大的嫌疑。他逼迫我保持沉默。」

「這就對了。但是您對他也產生懷疑了吧？」

她猶豫了一下，把頭低了下去。

「我知道他的爲人，」她說道，「他如果能保持對我眞誠的話，我也會永遠對他忠誠。」

「總之，我認爲您眞可以說是倖免於難。」夏洛克．福爾摩斯說，「您手中抓著他的把柄，而他也知道這一點，可是您竟然還活著沒被他害死。幾個月來，您一直在懸崖邊上徘徊。現在我們不得不向您道別了，萊昂斯太太，也許用不了多久您就又能聽到我們的消息了。」

「咱們的案子快要結束了，困難一個接著一個在我們面前消失了，」當我們站在那裡等待由城裡開來的快車時，福爾摩斯說，「我不久就能把這一當代最離奇駭人的罪案，完整地寫入結案陳述中了。犯罪學專業的學生們會記得一八六六年，在小俄羅斯的果德諾地方發生過類似案件，當然還有在北卡羅萊納州發生的安德森謀殺案。可是本案卻具有一些與其他案件全然不同的特點。到目前爲止，咱們還沒有掌握確切的證據，足以制服這個異常狡猾的傢伙，可是到今晚咱們入睡之前，如果一切還不能水落石出的話，那才眞叫奇怪呢。」

從倫敦來的快車怒吼著開進了車站，一個身材矮小、但壯實得像個狗似的人，由一節頭等車廂裡跳了出來。我們三人握了手，我馬上就從雷斯垂德望著我的夥伴，那種恭謹的樣子裡看出來，自從他們第一次在一起合作以後，他已經學到了很多東西。我還清楚地記得我的朋友是如何以他所喜愛的推理方法，來嘲弄這位注重實證的警探。

「有什麼好事嗎？」他問道。

「簡直是這些年來最大的好事，」福爾摩斯說，「在考慮如何動手之前，我們還有兩個小時的時間。我想咱們可以利用這段時間吃點晚飯，然後，雷斯垂德，讓你呼吸一下達特沼地夜晚的清新空氣，好把你喉嚨裡的倫敦霧氣趕出來。你從來沒有來過這裡吧？啊，好極了！我想你是不會忘記這次初遊的。」

第14章　巴斯克維爾的獵犬

福爾摩斯的缺點之一——眞的，如果你能把它叫做缺點的話——就是：在計畫實現之前，他對任何人都不願意全盤托出他的完整計畫。不可否認，這一部分是由於他本人天性高傲，喜歡支配一切，並使他周圍的人們感到驚訝，一部分也是出於他從事的職業，促使他從不願輕易冒險。這樣做的結果是，往往使那些委託人或充當他助手的人感到非常難堪。我就不止一次有過這種不快的經歷，但從沒有像這次長時間地在黑暗中駕車前進更令人憋悶的了。嚴峻的考驗就在我們面前，我們馬上就要開始最後的行動了，可是福爾摩斯還是絲毫不露口風，我也只能憑藉主觀來推測他下一步的行動方向。

寒風吹打著我們的臉，狹窄的車道，兩旁是黑暗無際的，這一切告訴我，我們又回到沼地裡來了。對即將發生的一切的迫切期待使我全身的神經都仿佛抽縮在了一起。馬蹄每邁一步，車輪每轉一圈，都使我們更加接近了冒險的頂峰。由於有雇來的車夫在場，我們不能暢所欲言，只好談一些無聊的瑣碎小事，而實際上我們的神經都已因心情的激動和焦慮被弄得高度緊張了。當我們終於經過弗蘭克蘭先生的家，離莊園，也就是此次行動現場已愈來愈近的時候，才總算渡過了那段不自然的緊張狀態，我的心情也重新舒暢起來。我們沒有乘車直到門前，而是在靠近車道入口的地方就下了車。我們付了車錢，讓車夫馬上返回庫姆比崔西，然後，就開始步行向梅里琵宅邸走去。

「你帶著武器嗎，雷斯垂德？」

那矮個兒警探微笑了一下。

「只要我穿著褲子，屁股後面就有個口袋，既然有這個口袋，我就要在裡面擱點什麼。」

「好！我的朋友和我也都做好應急的準備了。」

「你對這件事瞞得可眞夠嚴密呀，福爾摩斯先生。現在咱們幹什麼呢？」

「就等著吧。」

「我說，這裡可眞不是一個令人高興的地方，」望著四周小山模糊的陰影和籠罩在格林溢泥沼上的霧海，那警探打了一個冷顫，說，「我看到咱們前面一所房子裡的燈光了。」

「那是梅里琵宅邸，也就是我們這次旅程的終點。現在我要求你們一定得用足尖走路，說話也只能低聲耳語。」

我們繼續沿著小路前進，看樣子我們是要到那房子那裡去，可是當離房子大約還有兩百碼的距離時，福爾摩斯就把我們叫住了。

「就在這裡好了。」他說道，「右側的這些岩石是絕妙的屏障。」

「我們就在這裡等嗎？」

「對，我們就要在這裡做一次小伏擊。雷斯垂德，到這水溝裡來。華生，你進過那房子裡面是吧？你能說出各個房間的位置嗎？這盡頭的幾扇格子窗是哪個房間的？」

「我想是廚房的窗子。」

「再往前一點，那個格外明亮的呢？」

「那一定是餐廳。」

「百葉窗是打開的。你最熟悉這裡的地形。悄悄地走過去，看看他們在做什麼，但千萬不要讓他們發覺有人在監視著他們！」

我悄悄地順著小路走去，彎腰藏在一堵矮牆的後面，矮牆周圍是稀疏的果樹林。借助樹蔭的掩護我找到了一個地方，從那裡可以直接望進沒有掛窗簾的窗戶。

屋裡只有亨利爵士和斯特普爾頓兩個人。他們的側面正朝著我，面對面地坐在一張圓桌的兩邊。兩人都在抽著雪茄，面前還放著咖啡和葡萄酒。斯特普爾頓正興致勃勃地高談闊論，而準男爵卻是面色蒼白，心不在焉，也許是因爲他想到要獨自一人穿過那片不祥的沼地，心頭感到沉重。

正當我望著他們的時候，斯特普爾頓忽然起身離開了房間，而亨利爵士又斟滿了酒杯，向後仰靠在椅背上，噴吐著雪茄菸。我聽到房門一響，接著傳來皮鞋踏在石子路上發出的清脆聲音。腳步聲走過了我所蹲著的那堵牆另一面的小路。我從牆頭望去，看到那位生物學家在果林一角的一間小屋門口站住了，鑰匙在鎖眼裡轉了一下，他一進去，裡面就發出了一陣奇怪的扭打聲音。他在裡面只待了一分鐘左右，後來我又聽到轉動鑰匙的聲音，他又順著原路回到屋裡去了。我看到他和他的客人又在一起了，於是我又悄悄地回到我的夥伴們等我的地方，把我看到的情形告訴了他們。

「你是說，華生，那位女士沒在那裡？」在我報告完後，福爾摩斯問道。

「是的。」

「那麼，她會在哪裡呢？除了廚房之外的每一間房間都沒有燈光啊！」

「我想不出她在哪裡。」

我曾提到過，在大格林溢泥沼覆蓋著一塊濃厚的白霧，此時它正向我們這個方向緩慢地飄移過來，積聚起來，就好像在我們的旁邊豎起一堵牆似的，雖然不高但是很厚，而且界線也很分明。被月光一照，看上去就像一片閃閃發光的冰原，遠處那一座座凸起的岩崗，就像是在冰原上生出來的岩石一樣。福爾摩斯把臉轉向那邊，一面望著緩緩飄行的濃霧，一面不耐煩地嘟囔著：

「霧正在向咱們這邊移動呢，華生！」

「情況嚴重嗎？」

「確實非常嚴重，說不定會打亂我的計畫呢。現在，他待不了多久了，已經十點鐘了。我們的成敗，甚至他的生命可能都要取決於他能否趕在濃霧完全遮住小路之前出來了。」

我們頭上的夜空皎潔而美好，星星閃耀著明澈的冷光，半輪月亮高懸在空中，使整個沼地都沉浸在柔和而朦朧的光線之中。我們面前就是房屋的黑影，它那鋸齒形的屋頂和矗立的煙囪輪廓，被銀輝皎潔的天空清晰地襯托出來。

低層的那些窗戶裡射出幾縷寬寬的金黃色燈光，向著果林和沼地的方向照去。其中一道忽然熄滅了，說明僕人們已經離開了廚房；只剩下了飯廳裡的燈光，裡面的兩個人——一個是蓄意謀殺的主人，一個是毫不知情的客人——還在抽著雪茄閒談。

遮住沼地一半的大霧，像羊毛似的白茫茫一片，每一分鐘都在向這邊的房屋飄近，先到的一些淡薄霧氣已經在有燈光的房間的金黃色方窗前滾動了。果樹林遠端的牆已經看不到了，可是樹木的上半部依然屹立在一股白色水氣渦流的上面。在我們守望著的時候，滾滾的濃霧已經爬到了房子的兩角，並且慢慢地堆積成一堵厚牆，二樓和房頂遠遠望去，像是浮游在模糊不清的海面上的一條奇形怪狀的大船。福爾摩斯不時用手急切地拍打著我們面前的岩石，不耐煩地跺著腳。

「如果他在一刻鐘之內再不出來，這條小路就要被遮住了，再過半小時，咱們把手伸到面前都要看不到了。」

「咱們要不要向後退到一處較高的地方去呢？」

「對，我想最好是這樣。」

因此，當濃霧向我們湧過來的時候，我們就向後退，這樣一直退到離房子有半英里遠的地方。可是那片上面閃耀著月光的濃白色海洋，還在繼續緩慢而堅決地向著我們這個方向推進著。

「咱們走得太遠了，」福爾摩斯說道，「他會在走近咱們之前就被人追上的。咱們可不能冒這個危險，無論如何我們一定要堅守在這裡。」他雙膝跪地，把耳朵貼在地面上。「感謝上帝，我想我已經聽到他走過來了。」

一陣急促的腳步聲打破了沼地的寂靜。我們蹲在亂石之間，全神貫注地注視著面前那片上緣呈銀白色的霧牆。腳步聲愈來愈響了，穿過濃霧，就好像穿過一層布幕似的，我們所期待的人終於走了過來。當他走出濃霧，站在星光照耀著的清朗夜色之中時，他驚慌地向四周望了望，然後又迅速地順著小路走來，經過離我們隱藏之處最近的一點，繼續向著我們背後

那漫長的山坡走去了。他一邊走，一邊不時忽左忽右地越過肩頭向後張望。「噓！」福爾摩斯噓了一聲，我聽到了尖細而清脆的扳開手槍機頭的聲音，「注意，牠來了！」

由徐徐推進的濃霧中心不斷傳來輕輕的叭嗒叭嗒的聲音。那雲狀的濃霧距我們藏匿的地方不到五十碼遠，我們三個人都瞪大眼睛死死地盯著那裡，不知道將會有什麼可怕的東西從裡面突然跳出來。我當時正在福爾摩斯的肘旁，我朝他臉上望了一眼。他蒼白的面色中顯出狂喜的神情，兩眼在月光的照耀下炯炯發光。忽然間，他雙眼猛地向前死死盯住了一點，吃驚地張大了嘴巴。與此同時，雷斯垂德發出一聲驚恐的喊叫，隨即臉朝下伏在地上。我雙腳跳了起來，那已經變得麻木的手緊緊地握住手槍。在霧影中向我們竄來的那形狀可怕的東西嚇得我魂飛魄散。確是一隻獵狗，一隻碩大無比，黑得像炭團似的獵狗，但絕不是人們平常看到過的任何一種獵狗。牠那張著的嘴裡向外噴著火，眼睛也亮得像冒火一樣，口鼻之間、頸毛和脖子下方都在閃爍發光。那個突然由濃霧中向我們竄過來的黑色軀體，那張猙獰的狗臉，就是瘋子在最奇怪的夢裡也不會看到比這傢伙更兇惡、更可怕和更像魔鬼的東西了。

跨著大步，那巨大的黑傢伙順著小路直竄下去，緊

緊地追趕著我們的朋友。我們被這個幽靈嚇呆了，以至於在我們恢復神志之前，牠已經從我們的面前跑了過去。後來，福爾摩斯和我兩人一起開了槍，那傢伙發出一聲難聽的怪叫，說明至少有一槍已經打中了牠。可是牠並沒有停住腳步，還是繼續向前竄去。在小路上遠遠的地方，我們看到亨利爵士正回頭望著，在月光下他的臉色慘白如紙，恐怖地揚起雙手，望著那隻對他窮追不捨的可怕傢伙，絕望地瞪大了眼睛。

那獵狗痛苦的嗥叫聲消除了我們所有的恐懼。只要牠怕痛，牠就不是什麼鬼怪，我們既然能打傷牠，也就能殺死牠。

我從沒見過有誰像福爾摩斯在那天夜裡跑得那樣快。我一向被人稱作飛毛腿，可是他竟像我趕過那小個子的官方警探一樣輕易地把我甩在後面。當我們沿著小路飛奔的時候，可以聽到前面亨利爵士發出一聲接一聲的呼救，以及那獵狗發出深沉的吼聲。當我趕到的時候，正好看到那野獸躥起來，把準男爵撲倒在地上要咬他的咽喉。說時遲那時快，福爾摩斯一口氣就把左輪手槍裡的五顆子彈都打進了那傢伙的側腹。那狗發出了最後一聲痛苦的嚎叫，向空中虛咬了一口，隨後就四腳朝天地翻倒在地，瘋狂地亂蹬了一陣，便側身癱下去不動了。我喘著大氣俯身下去，用手槍頂著那可怕正熒熒發光的狗頭，但是已經沒有必要再扣動扳機了，這隻大獵狗已經斷氣了。

亨利爵士躺在他摔倒的地方，失去了知覺。我們解開他的衣領，當看到爵士身上並沒有受傷的跡象，說明我們的拯救還算及時的時候，福爾摩斯才長吐了一口氣。我們朋友的眼皮已經開始抖動了，還無力地掙扎了一下身子，想要挪動一下。雷斯垂德把他隨身攜帶的白蘭地酒瓶塞進準男爵的牙縫中間，他終於睜開了雙眼，飽含驚恐地向上望著我們。

「我的上帝！」他喃喃地說，「那是什麼？看在老天的份上，那究竟是什麼東西啊？」

「不管牠是什麼，牠都已經死了，」福爾摩斯說道，「我們已經把困擾您家的妖魔永遠地消滅了。」

四肢攤開倒臥在我們面前的那個傢伙，單從那個頭的大小和力道來說，就已經相當駭人。牠既非純種的警犬，也不是純種的獒，倒像是這兩類的混合種，精悍、兇狠，塊頭足有一隻小母獅子一般大。即使是現在，在牠死了不動的時候，那張大嘴好像還在向外滴嗒著藍色的火焰，那小小的、深陷而殘忍的眼睛四周也有一圈火環在閃動。我伸手摸摸牠那發光的鼻口，抬起手來，我的手指也在黑暗中發出幽幽的光芒。

「是磷。」我說。

「多麼狡猾的佈置啊，」福爾摩斯一邊說著，一邊聞著那隻死狗，「沒有能影響牠嗅覺的氣味。我們十分抱歉，亨利爵士，竟使你受到這樣的驚嚇。我本想捉的是一隻平常的獵犬，萬萬沒有想到竟會是這樣的一隻怪物。而且大霧也使我們沒能及時截住牠。」

「不管怎麼說，是您救了我的性命。」

「可是卻先讓您冒了一次險。您還能站起來嗎？」

「再給我一口白蘭地，我就什麼事都沒有了。啊，請您扶我起來吧。按照您的計畫，咱們下一步該做什麼？」

「您留在這裡好了。今晚您已經不適宜再作進一步的冒險了。如果您願意等一等的話，我們當中至少會有一個人陪送您回莊園去。」

他掙扎著想站起來，可是他的臉色還像鬼一樣的蒼白，四肢也在發抖。我們扶著他走到一塊石頭旁邊坐下，他用雙手蒙著臉不住地哆嗦著。

「我們現在必須得離開您了，」福爾摩斯說道，「剩下的工作還非得去執行不可，每一分鐘都很重要。我們的證據已經齊全，現在要做的就是把他抓捕歸案了。」

「要想在房子裡頭找到他的可能性很小，」當我們沿著小路快速往回走時，福爾摩斯繼續說道，「那些槍聲已經告訴他一切都完蛋了。」

「那時，咱們離他家已經有一段距離，而且這場霧也許會把槍聲擋住呢。」

「他一定跟在那隻獵狗後面，好指揮牠——這點你們完全可以相信。不，不，現在他已經走了！可是咱們還是搜查一下房子，確定一下的好。」

前門開著，我們一衝而入，抓緊時間一個房間一個房間地搜索，在過道裡遇到一個老邁的男僕，被我們的舉動嚇得目瞪口呆。除了飯廳之外，哪裡也沒有燈光。福爾摩斯把所有的燈都點亮，我們找遍了房屋的每一個角落，但是絲毫沒有看到我們所追尋的那人的蹤影，最後在二樓，發現有一間臥室的門被鎖了起來。

「裡面有人！」雷斯垂德喊道，「我聽到裡面有動靜。把這門打開！」

一陣低弱的呻吟和沙沙的聲音從裡面傳出來。福爾摩斯看準門鎖上方的部位，抬腳猛力一踹，一下子就把門踢開了。我們三人握著手槍衝進屋去。

可是屋裡並沒有我們想找的那個不顧一切、膽大妄爲的壞蛋。出現在我們面前的卻是一件非常奇怪的東西，完全出乎我們的意料，望著眼前的景象，我們一時間驚愕得呆住了。

這個房間被佈置得像一座小博物館，牆上裝著一排帶玻璃蓋的小匣子，裡邊裝的全是蝴蝶和飛蛾，那個狡詐而危險的傢伙把採集這些東西當作娛樂消遣。在房間正中有一根筆直的木樁，大概是早先某個時候爲了支撐横貫屋頂、被蟲蛀蝕了的舊樑木才豎立起來的。柱子上面捆著一個人，那人被布單捆綁得不能出聲，你一時無法分辨出是男是女。一條手巾繞過脖子繫在後面的柱子上，另一條手巾蒙住了臉的下半部，上面露出兩隻黑眼睛——眼中充滿了痛苦與羞恥的表情，還帶著恐懼的疑問——緊盯著我們。我們掏出塞在那人嘴裡的東西，解開身上的綁繩，不一會兒工夫，斯特普爾頓夫人就癱倒在我們面前的地板上。當她那美麗的頭垂在胸前的時候，我在她脖子上看到了清晰的紅色鞭痕。

「這畜生！」福爾摩斯喊道，「喂，雷斯垂德，你的白蘭地呢？把她放在椅子上！她已經因爲經受不了虐待和疲勞的折磨而昏厥了。」

她又睜開了眼睛。

「他安全了嗎？」她問道，「他跑掉了嗎？」

「他從我們手裡是逃不掉的，太太。」

「不是，不是，我不是指我丈夫。亨利爵士呢？他安全嗎？」

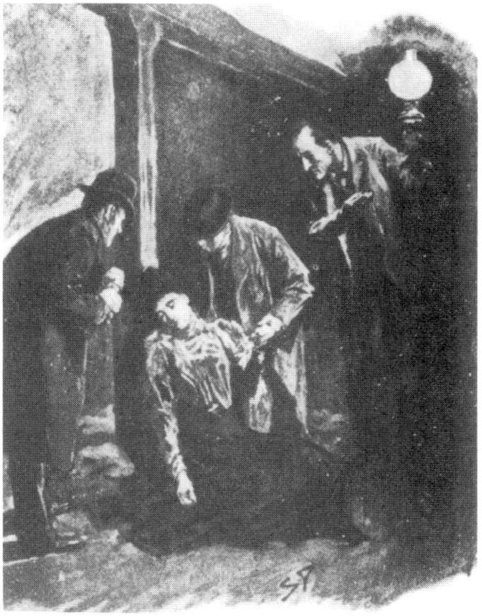

「他很安全。」

「那隻獵狗呢？」

「已經死了。」

她發出了一聲長長的且滿意的嘆息。

「感謝上帝！感謝上帝！噢，這個壞蛋！看看他是怎樣對待我的！」她猛地拉起袖子露出胳臂來，我們驚恐地看到臂上佈滿了傷痕。「可是這算不了什麼——算不了什麼！他折磨、污損的是我的心。我能忍受這一切，受虐待、被冷落，終日生活在欺騙當中，只要我還抱有希望他還愛我，這一切我都能忍受，可是現在我明白了，就在這一點上，我也是他的欺騙和作惡的工具。」她說著說著就忍不住痛心地哭了起來。

「您對他已經一無好感了，夫人，」福爾摩斯說道，「那麼，請告訴我們，在哪裡可以找到他吧。如果您曾幫他做過壞事的話，現在請您幫助我們吧！就當做是贖罪。」

「他只有一個地方可逃，」她回答道，「在泥潭中心的一個小島上，有一座廢棄的錫礦，他就是把獵狗藏在那裡的，他還在那裡做了準備，以供藏身之用。他一定會跑到那裡去的。」

濃密的大霧像雪白的羊毛似的緊圍在窗戶外面。福爾摩斯端著燈走向窗前。

「看，」他說道，「今晚誰也找不出走進格林溢泥沼的道路的。」

她拍著手大笑起來。她的眼裡和牙齒上都閃爍著可怕的狂喜光芒。

「他也許能找到走進去的路，可是永遠也別打算再出來了，」她喊了起來，「他今晚怎麼能看得見那些木棍路標呢？是他和我兩個人一起插的，用來標明穿過泥沼的小路，啊，如果我今天能夠把它們都拔掉該有多好啊，那樣您就眞的能任意處置他了！」

顯然，在大霧消散之前，任何追逐都是徒勞無功的。當時我們留下了雷斯垂德，讓他照看房子，而福爾摩斯和我與準男爵一起回到巴斯克維爾莊園去了。有關斯特普爾頓一家的故事再也不能瞞著他了，當他瞭解到他所鍾愛的女人的眞面目時，他竟然勇敢地承受了這個打擊。可是夜間那場冒險的震驚已經使他的神經受了創傷，天還沒亮他就發起高燒來，神志不清地躺在床上，莫蒂默醫生被請來照顧他。他們倆已經約定，在亨利爵士完全康復之前就要一起去作一次環球旅行，要知道在變成這份不祥的財產的主人以前，他是個多麼精神飽滿的人啊。

現在我很快就要結束這篇奇特的敘述了，我試圖使讀者設身處地來體會那些極端恐怖和模糊臆測製造出來的緊張氣氛，相當長時間以來，這些東西在我們的心頭蒙上了一層陰影，而結局竟是如此的悲慘。

在那獵狗死後的第二天早晨，霧散了，我們在斯特普爾頓太太的引導下，來到他們曾發現一條貫穿泥沼小路的地方。看著她帶領我們追蹤她丈夫時所表現出來急切而喜悅的心情，使我們體會到這個女人過去的生活是多麼地可怕。我們讓她留在一塊狹長的半島形土地上，地面是堅實的泥煤質，愈往泥沼深處，這塊地面就變得愈窄。從這塊地面的盡頭處起，這裡一根那裡一根地插著小木棍，沿著這些小木棍，便是那條蜿蜒在漂浮著綠沫水窪和污濁泥坑之間，陌生人無法識別的小路，曲曲折折，由一堆亂樹叢到另一堆亂樹叢，繁茂的蘆葦和青蔥多汁而又粘滑的水草散發著腐朽的臭味，濃重的濁氣迎面襲來，我們不只一次地失足陷入及膝深的、顫動著的黑色泥坑裡，走出好幾碼遠，泥還是粘粘地沾在腳邊甩不下去。在我們走著的時候，那些泥一直死死地拖住我們的腳跟。當我們陷入泥裡的時候，就像是有一隻惡毒的手把我們拖向污泥的深處，而且抓得那樣緊那樣堅決。

只有一次，我們看到了一點痕跡，說明曾有人在我們之前走過這條危險的路。在粘溼土地上的一堆棉草中間露著一件黑乎乎的東西。福爾摩斯由小路上向旁邊邁了一步，想要抓住那件東西，就陷入了泥潭，一直陷到齊腰那樣深。如果不是我們都在那裡，伸手把他拉出來的話，他就再也不會站到堅硬的實地上來了。他向空中舉起一隻黑色的高筒皮鞋，鞋幫裡面印著「邁爾斯，多倫多」的字樣。

「這個泥巴浴洗得不冤，」他說，「這就是咱們的朋友亨利爵士丟失的那隻皮鞋。」

「一定是斯特普爾頓逃跑途中丟在那裡的。」

「正是。他用這隻鞋讓獵狗分辨要追蹤對象的氣味，用完後還把鞋留在手邊，當他知道把戲已經被拆穿了而倉皇出逃時，仍把它緊抓在手裡，在逃跑的途中就丟在這裡了。我們知道，至少他一直安全地跑到了這裡。」

儘管我們可以作很多推測，可是永遠也不能知道得比這更多了，在沼地裡根本沒有辦法找出腳印來。因爲不斷冒湧的泥漿很快就把它蓋上了。走過最後一段泥淖小路，一踏上堅實的土地，我們就都急切地尋找起腳印來了，可是一點影子也沒有看到。如果大地沒有說謊的話，那麼斯特普爾頓就是昨天在掙扎著穿過濃霧走向他用以藏身的小島時並沒有能達到目的地。在格林盜大泥潭中心的某個地方，大泥淖污濁的黃泥漿已經把他吞了進去。這個殘忍、冷酷的傢伙就這樣永遠地被埋葬了。

在他隱藏他那兇猛夥伴、四周被泥沼環繞的小島上，我們找到了很多他遺留下的痕跡。一隻巨大的方向盤和一個裝滿一半垃圾的豎坑，說明這裡是一個廢棄的礦坑遺址。旁邊還有支離破碎的礦工小屋遺跡，那些開礦的工人無疑是被周圍泥潭的惡臭給薰跑的。在一間小房裡，有一塊馬蹄鐵、一條鎖鏈和一些啃過的骨頭，說明那裡就是隱藏過那隻畜生的地方。一具骨架躺在斷垣殘壁之間，上面還粘著一團棕色的毛。

「一隻狗！」福爾摩斯說道，「天哪，是一隻卷毛長耳獚犬。可憐的莫蒂默再也看不到他寵愛的小狗了。嗯，我相信這裡已經沒有什麼我們還沒有搞清楚的秘密了。他可以把他的獵狗藏起來，但是他無法使牠不發出聲音，因此才出現了那些叫聲，即使在大白天聽起來也讓人感到不舒服。在必要的時候，他可以把那獵狗關在梅里琵房外的小屋裡去，可是這樣做總是很冒險的，只有在他認爲一切均已準備妥當的時候，他才敢這樣做。這只鐵罐裡這糊狀的東西，無疑就是抹在那畜生身上的發光材料混合物。當然，他這種做法是受到了這個家族世代相傳的魔犬故事的啓發，蓄意要嚇死老查理斯爵士。難怪那可憐的惡鬼似的逃犯，一看到這樣一隻畜生在沼地的黑暗之中一竄一竄地從後面追了上來，就會像我們的朋友一樣，一面跑一面狂呼，就連我們自己說不定也會那樣呢。這確實是個狡猾的陰謀，因爲這樣不僅可以把你要謀害的人置於死地，而且能使當地居民不敢深入調查這樣一隻畜生。在沼地裡很多人都見過這隻獵狗，哪個見過牠的農夫敢於過問呢？我在倫敦曾經說過，華生，現在我再說一遍，咱們從來還沒有協助追捕過比長眠在這裡的他更爲危險的人物呢。」——他朝著廣袤而色彩斑駁的、散佈著綠色斑點的泥潭揮舞著他那長長的胳臂向遠處伸展著，直到和赤褐色的沼地山坡連成一片。

第15章　回顧

轉眼已經是十一月底了，一個陰冷多霧的夜晚，在貝克街寓所的起居室裡，福爾摩斯和我對坐在熊熊的爐火旁。我的朋友因爲成功地參與偵破了一系列難度很高而又十分重要的案件，情緒相當不錯，我趁機誘導他談論起神秘的巴斯克維爾一案的細節。我一直在耐心地等待著這個好機會，因爲我知道，他是從來不允許各個案子互相攪擾的，因爲他那清晰而富於條理的思維會因爲回想過去的事而分散，無法集中在眼前的工作上來。亨利爵士和莫蒂默醫生都在倫敦，正準備起程作一次長途旅行，以便恢復爵士那深受刺激的神經。就在那天下午，他們來拜訪過我們，因此，很自然地談起了這個話題。

「事件的整個過程，」福爾摩斯說，「從那個自稱爲斯特普爾頓的人的角度來看是簡單明瞭的。然而對咱們來說，因爲一開始無法得知他那些行爲的動機，就連事實也只知道一部分，所以看上去整個事件就顯得極爲複雜了。我和斯特普爾頓太太已經談過兩次話，這個案件現在已經完全弄清楚了，我認爲對咱們來說它已經沒有任何神秘可言。在我那帶索引的案例統計表裡，你能在B字母開頭的欄目下面找到幾條有關這件事的記載。」

「也許你願意憑著記憶，把全案的經過跟我大致談談吧。」

「當然願意，雖然我不能保證還記得全部事實，思想的高度集中很容易抹去對往事的記憶。這個有關獵犬的案件已經過去很久了，我盡可能完整地把事件的發展過程講給你聽，如果我有什麼遺忘的話，你可以隨時提醒我。

我的調查毫無疑問地證實了，那幅巴斯克維爾家的畫像沒有騙人，這傢伙確實是巴斯克維爾家的人，他是羅傑·巴斯克維爾，也就是查理斯爵士那個帶著極壞名聲逃到南美洲的幼弟的兒子。傳說羅傑在那裡沒有結婚就死了。實際上，他結了婚，並且生了一個小孩，就是這傢伙，本名和他的父親一樣。他和貝瑞·加洛西婭，一位哥斯大黎加的美女結了婚，在竊取了一大筆公款後，他就改名凡戴勒，逃到了英格蘭，他在約克郡的東部創立了一所小學。他之所以想嘗試一下這種特殊的投資，是因爲他在歸途中偶然邂逅了一位患有肺病的教師，他想利用此人的能力作一番成功的事業。可是這位福瑞瑟老師不幸死掉了，而學校的經營也開始每況愈下，原本就

不佳的名聲此後更變得惡名遠揚了。凡戴勒夫婦感到最好還是改姓斯特普爾頓，於是他就帶著剩下的財產，以及未來的計畫和對昆蟲學的愛好遷到了英格蘭南部。我由大英博物館得知，他在這一門學問裡還是個公認的權威呢，有一種飛蛾還是他在約克郡居住時首先發現的，並被永久地冠以凡戴勒的名字。

咱們現在就要談到他那一段著實引起咱們極大興趣的生活了。那傢伙顯然做過調查，發現只有兩個人會對他獲得那筆龐大的財產構成阻礙。我相信，去德文郡的時候，他的計畫還相當模糊，可是從他讓自己的太太以他妹妹的身分出現來看，顯然他從一開始就居心不良。雖然他可能還沒有計劃好整個陰謀實施的細節，可是將她用作釣餌的想法肯定已在他心中成形了。他下定決心要把財產弄到手，爲此採用任何手段或是冒任何危險他都在所不惜。第一步行動就是把自己的家安置在盡可能靠近祖宅的地方，然後開始蓄意培養起與查理斯·巴斯克維爾爵士以及其他鄰居們的友誼。

男爵親口告訴了他有關家族獵犬的傳說，因此也就爲自己鋪設了一條通往死亡之路。斯特普爾頓——我就這樣稱呼他吧——知道老人的心臟很衰弱，稍一驚嚇就有性命之虞，這些他都是從莫蒂默醫生那裡知道的——他還聽說，查理斯爵士很迷信，而且對那個可怕的傳說深信不疑。他那機敏的頭腦馬上就想出了一個方法，既能置男爵於死地，又幾乎無法追究到眞兇。

心裡有了這個念頭之後，他就開始費盡心機設法使其實現。一個普通的陰謀策劃者，利用一隻兇惡的獵狗也就滿足了；而他的天才在於，他還採用人工的辦法將這隻動物變得像魔鬼一樣恐怖。那隻狗是從倫敦福哈姆街的販狗商羅斯和曼格斯那裡買來的，是他們所有的貨色之中最強壯、最兇猛的一隻了。爲了不引人注目地把狗帶回家中，他改乘北德文線的火車，又牽著狗穿過沼地走了很長一段路。他已經在捕捉昆蟲的時候學會了怎樣走進格林盆泥沼，因此等於爲那隻畜生找到了一處安全的藏身之地。他將牠關在那裡，等待時機。

可是好機會不是說來就來的，想在夜晚把那位老紳士從莊園裡引到外面是不可能的。有好幾次，斯特普爾頓帶著他的獵狗埋伏在外面，可是一無所獲。就在這些了無結果的跟蹤追尋中，他的狗，或者不如說是他的同夥，被農夫看到了，因此，那段魔狗的傳說又得到了新的證言。他曾指望他的妻子也許能將查理斯爵士引向毀滅，可是在這問題上，她竟表現出意外的不合作。她不肯把老紳士拖進情感陷阱裡，因爲這無異於把他拱手交給他的死敵，恐嚇、甚至我連提起都感到慚愧，都沒能動搖她的決心，她絲毫不願參與這件事，有一段時期，斯特普爾頓幾乎快絕望了。

可是他在困境之中終於抓到了一個機會。由於和他已經建立了友情，查理斯爵士在幫助那可憐的女人蘿拉．萊昂斯太太的事情上請他負責掌管那一筆慈善金。憑藉著僞裝成單身漢的身分，他輕而易舉地征服了那位女士。他向她表示，一旦她和她的丈夫能夠成功離婚，他就和她結婚。可是他那計畫突然節外生枝，在莫蒂默醫生的建議下，查理斯爵士正準備離開莊園移居他處，他本人表面上也假裝贊同這個意見，但他意識到必須馬上採取行動，否則他的獵物就要脫離他的手心遠走高飛。因此他迫使萊昂斯太太寫了那封信，懇求老頭在啓程去倫敦之前的那個晚上和她見一次面，隨後又用一套貌似有理的藉口阻止她前去赴約，這樣一來，他就終於得到了一個久候未得的好機會。

在傍晚的時候，他從庫姆比崔西坐車回來，有足夠的時間弄回他的獵狗，塗好發光的塗料，再帶著那畜生到柵門附近去，他有理由相信，他一定能看到老紳士正在那裡等待著。那狗受到主人的唆使，躍過柵欄門就向不幸的男爵追了過去，後者則被追得一邊拼命呼救，一邊順著水松夾道飛奔。在那樣陰暗的夾道裡看到如此巨大、嘴眼冒火的黑傢伙在身後跳躍前進，確實是萬分恐怖的景象，由於極度的恐懼和心臟病發作，他在夾道的盡頭倒地身亡了。那獵狗一直順著多草的路邊跑，而男爵則在小路上跑，因此除了人的腳印外看不到任何其他痕跡。那狗看到他倒下不動後，也許曾走近跟前嗅了嗅他，發現他已經斷氣後就又掉頭離開了，就是在那時，牠留下了莫蒂默醫生所看到的爪印。獵狗被叫了回去，並被急忙地帶回了格林溢泥沼中的狗窩。這起神秘事件使官方莫名其妙，使鄉下人大爲吃驚，最後我們就接手調查了這件案子。

關於查理斯・巴斯克維爾爵士之死就這麼多吧。你能看出這裡面的手段極其狡猾，因爲確實，幾乎無法向眞兇提出控訴。他那唯一的同謀永遠也不會洩露他的秘密，而且那古怪而匪夷所思的作案手法只會保證他那陰謀進行得更加順利。與此案有關的兩個女人，斯特普爾頓太太和蘿拉・萊昂斯太太都對斯特普爾頓產生了強烈的懷疑。斯特普爾頓太太知道他在盤算著那位老人，也知道有那隻獵狗；萊昂斯太太對這兩件事都一無所知，可是她記得，死亡發生的時間正是先前約會的時間，而這個約會只有他知道，因此她也不無懷疑。但是，她倆都在他的控制之下，而他對她們則一無所懼。全部陰謀的前一半是成功地實現了，但是更困難的還在後面呢。

也許斯特普爾頓並不知道在加拿大還有一位繼承人。可是不管怎樣，他很快就從他的朋友莫蒂默醫生那裡得知了這個消息。後者告訴了他有關亨利・巴斯克維爾即將到來的所有細節。特普爾頓的第一個念頭就是：也許根本就不用等這個來自加拿大的陌生青年到德文郡來，在倫敦就可以把他弄死。自從他太太拒絕幫他設計陷害那位老人之後，他已經不再信任她了，他甚至不敢讓她長時間離開自己，因為他怕這樣會失去左右她的力量，正因為如此，他才帶著她一起來到倫敦。我發現他們住在凱爾文街的梅克斯波若夫私人旅館裡，那正是我曾派人去搜集證據的幾家旅館之一。在那裡，他把他妻子關在房間裡，而他自己則裝上假鬍鬚，跟蹤著莫蒂默醫生，先到貝克街，後去車站，還到過諾桑勃蘭旅館。他妻子對他的陰謀計畫略有瞭解，可是她對丈夫怕得要命——一種在遭受過殘暴的虐待之後產生的恐懼——因此她不敢寫信去警告那個她知道正處在危險之中的人，因為萬一那封信落入斯特普爾頓之手，她的性命就會發生危險了。最後，正像我們知道的那樣，她採取了一種變通的方法，從報紙上剪下字來湊成了那封信，用偽裝的筆跡在信封上寫下收信人的地址。那封信送到了準男爵的手裡，對他發出了第一次危險警告。

弄一件亨利爵士的隨身物品對斯特普爾頓來說是非常必要的，一旦他不得不把狗派上用場，他要隨時有使狗聞味追蹤的東西。憑藉特有的機敏和大膽，他立刻行動起來，我們可以肯定，旅館的男女僕人都接受了他不少的賄賂，才肯幫助他達到目的。可是湊巧，第一次弄到的皮鞋竟是新的，對他毫無用處，後來他把它還了回去，並設法重新偷了一隻——這是一個極其有用的線索，因爲它肯定地證實了我心中的一個判斷，那就是我們要對付的是一隻眞正的獵狗，因爲沒有別的假設能夠解釋，爲什麼要急於弄到一隻舊鞋，而對一隻新鞋卻絲毫不感興趣。愈是稀奇古怪的事情就愈値得仔細加以檢查，那看起來似乎使案件複雜化的疑點，如果予以正確的思考並佐以科學的應對，往往正是最能說明問題的關鍵。

後來，第二天早晨，咱們的朋友再次來訪，而坐在馬車裡的斯特普爾頓一直像影子一樣跟著他們。從他對咱們的房子和我的面貌知道得那樣清楚，以及他一般的做事方法來看，我感覺斯特普爾頓的犯罪生涯沒有理由僅僅局限於巴斯克維爾莊園一案。據說在過去三年裡，西部曾發生過四宗大盜竊案，可是沒有一次抓到犯人。最後一宗是今年五月在弗克斯頓農場發生的，這案子之所以引人注目，是因爲一名童僕想要襲擊那蒙面持槍的盜賊，結果被殘忍地槍殺了。我敢肯定斯特普爾頓就是用這種手段來補充他那日漸減少的財產，多年來他一直就是個危險的亡命之徒。

從那天早晨他成功地從我們手中逃脫，並通過馬車夫將我的姓名傳達給我這兩件事，咱們足以領略到他的狡猾和大膽。從那時起，他明白我在倫敦已經接手了這件案子，在那裡他再也得不到下手的機會了，於是他就回到了達特沼地，等待著準男爵的到來。」

「等一下！」我說道，「毫無疑問，你已經準確地描述了事情的經過，可是有一點你卻沒有做出解釋。當主人在倫敦時，那隻獵狗怎麼辦呢？」

「我已經留意到這一點無疑是相當重要的。可以斷定，斯特普爾頓有一個親信，雖然看起來不像參與了斯特普爾頓的所有行動，但起碼是受他操縱著。在梅里琵宅邸有一名年紀很大的男僕，名叫安東尼，他和斯特普爾頓一家的關係可以追溯到幾年前斯特普爾頓做小學校長時期，因此他一定知道他的主人和女主人實際上是夫婦，這人已經從鄉間逃跑，不知去向了。值得注意的是，『安東尼』在英格蘭不是很常見的姓氏，而『安托尼奧』這個姓在西班牙以及所有西班牙語系的美洲國家裡也同樣少見。這個人，像斯特普爾頓太太一樣，英文說得很好，可總是帶著奇怪的捲舌音。我曾親眼看到這個老頭經過斯特普爾頓標記出來的小路穿過格林溢泥沼。因此很有可能，當他主人不在的時候就由他來照顧獵狗，雖然他或許從來不知道養這隻畜生有何用途。

斯特普爾頓夫婦隨後就回到了德文郡。不久，亨利爵士和你就在那裡盯上了他們。這裡有必要說明一下我個人在當時的看法。也許你還記得，當我檢查那張上面貼著報紙鉛字的信時，我仔細地檢查了紙上面的浮水印。爲了看清楚一點，我把它舉在距離眼睛只有幾英吋的地方，感覺到有一種隱約的香味，像是白色迎春花的味道。香水一共有七十五種，對一個犯罪學專家來說，能分辨出它們彼此間的差異是非常必要的。在我個人的經歷中，曾經不只一次憑藉辨別香水的種類使案件得以偵破。那股香味說明，案子裡面牽涉到一位女士，此時我心中的懷疑物件已經開始轉向了斯特普爾頓夫婦。就這樣，在我們到西部鄉下去之前，我就肯定了那獵狗的存在，並且猜出了罪犯。

我玩的把戲就是監視斯特普爾頓。可是，顯然地，如果我和你在一起，我就做不成這件事了，因爲那樣一來，他就會加倍提防。因此，我把大家——包括你在內——全都蒙在鼓裡，當人家以爲我還在倫敦的時候，我已秘密地到鄉下來了。我所吃的苦並不像你所想像得那樣多，我永遠不會讓那些瑣細的生活細節干擾案件的調查工作。我大部分時間都待在庫姆比崔西，只有在必須要接近犯罪現場的時候，我才去住在沼地上的小屋裡。卡特萊和我一起來了，他假扮成農村小孩，對我的幫助極大。靠著他，我才能弄到食物和乾淨的衣服，在我監視著斯特普爾頓的時候，卡特萊就時常在監視著你，這樣我就可以保證所有的線索都在我的掌握之中。

我已經對你說過，你的報告都能很快地送到我的手裡，因爲它們一到貝克街馬上就被送到庫姆比崔西來了。那些報告對我有極大的幫助，特別是無意中揭示了斯特普爾頓眞實身世的那一篇。憑藉那份報告我能夠確證那對男女的身分，或者說至少使我明確地知道可以從哪裡入手。那個逃犯和他與巴瑞摩之間的關係的確曾經一度使案情相當複雜化，這一點也被你用十分有效的方法澄清了眞相，雖然我通過自己的觀察也得到了同樣的結論。

當你在沼地裡發現我的時候，我對整個事件的來龍去脈已經完全弄清楚了，可是我沒有足以提交到陪審團面前去的罪證，甚至那晚斯特普爾頓企圖謀殺亨利爵士，但結果卻導致了倒楣的逃犯死亡的事實，都難以對我們指證他就是殺人兇手的事實有任何幫助。看樣子除了在他作案時當場把他捉住之外是沒有別的辦法了，而要這樣做，咱們就不得不利用亨利爵士作爲誘餌，使他處於單身一人而且沒有任何保護的狀況下。咱們就這樣做了，雖然使咱們的委託人受驚不小，可是我們終於湊齊了罪證，並把斯特普爾頓送上了絕路。我承認，讓亨利爵士曝身於危險之中，是我在處理此案過程中的一大失誤，可是誰也無法預知，那畜生竟會現出那樣可怕和駭人的樣子，同樣也無法預知那場大霧使牠能那麼突如其來地躥向我們。我們爲完成任務付出了代價，但專家和莫蒂默醫生都向我保證說，這一代價的影響只是暫時的。一次長途旅行，不僅能夠恢復咱們朋友深受打擊的神經，也能醫治好他心靈上的創傷，他對那位女士的愛是深切而眞摯的。對他來說，在這件倒楣的事情裡，最令他傷心的就是，他竟然被那位女士欺騙了。

剩下需要說明的就是那位女士在這案件中所扮演的角色了。無疑地，她是受斯特普爾頓操縱的。其原因也許是出於愛情，也許是出於恐懼，更可能是兩者兼有，因爲這不是兩種不可以同時並存的感情。這種操縱的力量，至少是絕對有效的，在他的命令下，她同意裝作是他的妹妹，雖然在他想指使她直接參與謀殺的時候，也發現了他對她的控制力還是有限的。只要不把她的丈夫牽連進去，她就準備去警告亨利爵士，而且她也曾一次又一次地嘗試這樣做。看來斯特普爾頓似乎嫉妒心還不小，當他看到準男爵向女士求婚的時候，儘管這正是他自己計畫的一部分，他還是忍不住要大發雷霆地出面干涉，這樣一來就把他一向靠著強力抑制而掩蓋起來的火爆性格暴露出來了。用感情拉攏的方法，他確保了亨利爵士會經常到梅里琵宅邸來，這樣他遲早會獲得他所期望的好機會。可是，就在最要緊的那一天，他太太突然和他對立起來。她已經多少聽說了一些有關那逃犯死亡的風聲，而且她也知道，亨利爵士來吃晚飯的那個傍晚，那隻獵狗就關在外邊的小屋裡。她譴責了她丈夫預謀要做的罪行；他被激怒了，他第一次向她透露她已經有了一個情敵。她的滿腔忠誠眨眼之間就化做刻骨銘心的仇恨，他看得出來，她會將他出賣，因此他就把她捆了起來，使她沒有機會去警告亨利爵士。毫無疑問，他希望當全鄉的人都把準男爵的死因歸於他家族的厄運時——他們理所當然會這樣想——他就能讓他太太回心轉意，接受既成事實，並對她知道的眞相守口如瓶了。在這個問題上，我想，無論如何他是打錯算盤了，即使咱們不到那裡去，他的命運也同樣是註定了的。一個有著西班牙血統的女人是不會那麼輕易地寬恕這種侮辱的。我親愛的華生，不參考我的記載，我是無法更詳細地爲你敘述這一奇異的案件了。我不知道還有什麼重要的東西沒有解釋到。」

「他是不能指望用他那隻可怕的獵狗，像弄死老伯爵一樣地嚇死亨利爵士的。」

「那畜生很兇猛，而且只餵得半飽。牠的外表即使不能把牠的獵物嚇死，至少也能使他喪失抵抗力。」

「確實如此。還剩下最後一個難題。如果斯特普爾頓的計畫成功了，他如何來解釋這樣的事實呢；他，巴斯克維爾家的繼承人，爲什麼一直隱姓埋名地居住在離財產這麼近的地方呢？他怎樣才能要求繼承權而不引起別人的懷疑和調查呢？」

「這是一個絕大的困難，想要讓我去解決這個問題，恐怕你的要求過高了。過去和現在的事都在我調查的範圍內，可是一個人將來會怎麼做，這倒是個很難回答的問題。斯特普爾頓太太曾有幾次聽到她丈夫談論這個問題，大致有三種可能的方案：他也許會從南美洲申請繼承這筆財產，讓當地的英國當局證明他的身分，這樣就可以不用來英格蘭就把財產弄到手；或許，他可以在必須逗留倫敦的短時期內採取隱蔽身分的方法；再或許，他還可以物色一個同謀，帶著證明文件和信物，證明他繼承人的身分，然後從他的收入中分走一部分。根據咱們對他的瞭解，可以肯定他總能找到辦法解決這些困難的。啊，我親愛的華生，咱們已經進行了幾個星期艱苦的工作了，我想今晚咱們還是換換腦子，想些愉快的事吧。我在休格諾劇院訂了一個包廂。你聽過德·雷茲凱的歌劇嗎？請你在半小時之內準備好，也許咱們還可以在途中停一下，順便到瑪齊尼飯店吃晚飯呢。」

增錄：福爾摩斯外傳

板球場義賣會

導讀、翻譯／呂仁

導讀

正典之外：〈板球場義賣會〉

■如果正典看完了

一般推理迷、研究者公認的說法，福爾摩斯探案共有六十個，四個長篇與五十六個短篇，這六十個故事被稱爲「正典」，印成書籍則爲一至數冊。說多不多，看完了以後怎麼辦呢？沒關係，實在是有太多作家、讀者愛福爾摩斯了，所以有許多作家寫仿作，有許多讀者追捧這些仿作，於是我們有了不計其數的仿作可以讀，這些仿作以各種的形式出現，有小說、電影、漫畫、廣播劇、舞台劇等等。推理作家、推理迷汲汲營營製造、尋訪各家各式仿作，費盡心思重現福爾摩斯的種種行爲、習慣、語氣、裝扮，爲的不過是希望神探形象繼續留存、神探冒險繼續精彩、神探功績繼續輝煌。

說到讀仿作，那要看誰的？要讀作者兒子雅德里安・柯南・道爾（Adrian Conan Doyle）與密室大師約翰・狄克森・卡爾（John Dickson Carr）合著的《福爾摩斯的功績》？或是聲稱發現了華生遺稿的尼可拉斯・梅爾（Nicholas Meyer）作品？還是挑道爾家族授權寫續集的安東尼・赫洛維茲（Anthony Horowitz）作品？抑或是來點東洋風，讀讀島田莊司《被詛咒的木乃伊》和柳廣司的《我是夏洛克・福爾摩斯》？

以上都是極佳的選擇，有些仿作盡所能地模仿原著的風格，讓讀者可重溫維多利亞時代的福爾摩斯探案；有些仿作把正典中空缺的事件補滿，讓福爾摩斯冒險史更顯豐富；有些則讓同時代的歷史角色與福爾摩斯相遇，看能不能激盪出意外的火花；還有以喜劇角度寫成的、讓福爾摩斯遊歷各國辦案的、甚至也有把福爾摩斯變成老鼠的。種種寫法都有，讀者大可挑自己喜愛的作品下手。但是話說回來，福爾摩斯仿作何須外求？許多人不知道的是，原作者柯南．道爾自己就寫過福爾摩斯正典六十篇以外的故事。

在福爾摩斯的六十個故事以外，尚有少量柯南．道爾自己寫過的福爾摩斯作品。福學研究家很早就整理了這些作品，這些作品對於進階的福爾摩斯迷而言，有重要的研究與欣賞的角度，而由於這些是柯南．道爾自己寫的，因此在本質上又不同於其他作家所寫的仿作。一般說來，福爾摩斯全集極少收錄這些作品，原因在於這些作品有些是舞台劇本、有的僅是未完成的作品大綱、有的甚至福爾摩斯與華生未登場（但有其身影）、有的則是作品的作者身分有疑義，有的作品極為輕薄，比起正規的福爾摩斯探案，可說只是個開場白而已，文長僅千餘字的〈板球場義賣會〉（The Field Bazaar, 1896）就是這樣的一篇作品。

■〈板球場義賣會〉的特色

〈板球場義賣會〉發表於一八九六年的愛丁堡大學學生雜誌《學生》（The Student）上，愛丁堡大學當時正在募款，柯南．道爾被要求提供一篇文章刊登在雜誌上，於是他就寫了這一篇。在故事中，華生也應母校邀請，希望對板球場的籌款出一點力，當他正在猶豫之際，福爾摩斯就插話了。福爾摩斯神來一句的插話照例要引起華生的大驚小怪，然而當福爾摩斯解釋清楚推理過程的來龍去脈以後，華生也一如往常地說這也沒什麼，然後福爾摩斯心裡不高興，又說了一段推理，此時華生想要福爾摩斯解釋，福爾摩斯就不理他了。

〈板球場義賣會〉這一篇小說，不僅僅是作者自己寫的外傳而已，本篇還揭露了一個非常重要的事實，作者在正典中從未提及的，就是「華生究竟是哪個大學畢業的」？在《血字的研究》（A Study in Scarlet, 1887）的第一章第一句話，我們就可以得知，華生是「獲得了倫敦大學的醫學博士學位」，那麼，華生的大學文憑是哪一所學校發的？透過這篇作品，我們很清楚可以得知，華生與作者柯南．道爾一樣，是愛丁堡大學畢業的。

有趣的是，柯南．道爾發表《血字的研究》，到應邀寫作這篇〈板球場義賣會〉，短短不超過十年光景，作者就多設定了「華生畢業於愛丁堡大學」這件事，究竟是忘了當年他寫過華生是「倫敦大學的醫學博士」，還是覺得反正沒有明說華生大學念哪裡，而現在剛好愛丁堡大學來邀稿，那就順水推舟和華生當校友吧！

■與正典呼應之處

本篇雖然輕薄短小，但是讀者可以在這一篇裡讀到若干正典的特色，如在貝克街221號B座裡福爾摩斯與華生常見的早餐場景、福爾摩斯的「讀心術」、當然還有華生對於理解福爾摩斯推理後冒瀆偉大心智的欠揍反應。

福爾摩斯探案裡常見早餐場景，福爾摩斯與華生起床之後在起居室對話的場面，想必所有福爾摩斯迷都不陌生，許多案件諸如〈銅山毛櫸案〉、〈銀色馬〉、〈諾伍德的建築商〉、〈布魯斯－帕汀敦圖紙案〉、〈雷神橋之謎〉等等都是發生在早餐期間發生的。兩人一早起來悠閒用餐，而如同〈馬斯格雷夫典禮〉裡華生所描述的，福爾摩斯的菸絲放在波斯拖鞋的鞋尖處，用餐、抽菸、讀報，兩人談論案件或是委託人上門，隨後展開歷險。

其次是「讀心術」。老實說，講「讀心術」是對福爾摩斯不敬的說法，因爲福爾摩斯是靠著觀察推理、邏輯演繹而得到結論的，當偵探直接說出結論時，讀者之於偵探，就如觀眾之於魔術師，當然會覺得這是魔術了。這一種福爾摩斯神妙「讀心術」曾經先出現在一八九二年的〈硬紙盒案〉（同樣的情節也收錄於一八九三年的〈住院的病人〉），福爾摩斯說「你是對的，華生，他看上去是種最荒謬的解決爭論的辦法。」然後是本篇〈板球場義賣會〉中福爾摩斯再度小露了一手；隔幾年後也出現在一九〇三年的〈跳舞的小人〉裡，福爾摩斯沒頭沒腦地說：「所以你不打算在南非投資了？」一九一一年的〈法蘭西斯．卡法克斯女士的失蹤〉這篇則以「怎麼是土耳其式的？」開場，照例都要把華生嚇一大跳。

〈板球場義賣會〉裡，在福爾摩斯解釋完自己的思考邏輯之後，華生就說，「這相當簡單。」果然激怒了福爾摩斯，於是他再度提出一個推理，並且不予解釋，讓華生一頭霧水。這樣的情節在幾年後的〈跳舞的小人〉裡也出現過，該篇中福爾摩斯在說出一個神妙推理以後看著華生並笑著說：「你承認你吃了一驚吧！」，華生答是，福爾摩斯又說，「我應該讓你把這句話寫下來，並簽上你的名字。……因爲五分鐘之後，你又會說這太簡單了。」果然，在娓娓道來、循循善誘之後，華生還是說：「這簡直太簡單了！」於是福爾摩斯就有點生氣了：「每個問題，一旦向你解釋過，就變得很簡單。」然後福爾摩斯丟了一張繪有跳舞小人的紙張給他，正式進入案件。

〈板球場義賣會〉這篇作品，嚴格說起來並非一篇「完整」的福爾摩斯探案，因爲本篇故事中沒有實際發生需要偵辦的案件，反倒像是在進入正式案件前的一個暖場，它若接續在任何一篇福爾摩斯探案的前面，讀來都不會讓人覺得突兀，就讓我們來欣賞這篇柯南．道爾爲愛丁堡大學撰寫的作品吧！

板球場義賣會

「我會去做。」福爾摩斯說。

我被這句插話嚇了一跳，因爲我的朋友正在吃早餐，全神貫注於架在咖啡壺上的報紙裡。現在我看著他，他也以半調皮、半探詢的表情注視著我，當他覺得他發出充滿智慧的觀點時就是這樣子。

「做什麼？」我問道。

他笑著從壁爐上掛著的拖鞋裡取出菸絲，塡滿老舊的陶製菸斗，這是他早餐行程中不變的圓滿句點。

「這是典型你會問的問題，華生，」他說。「你不會，我確定你不會覺得被我冒犯，如果我說我所擁有的任何極佳聲譽全是拜你的襯托所致。就像在宴會中要區分初入社交界的的年輕女性與她們的監護女伴是如此簡單的事。這是一個明確的類比。」

我們在貝克街長久的友誼讓我們可以說出親近的言語而不冒犯對方。但我承認我被他的話激怒了。

「我可能很駑鈍，」我說，「但我承認我不懂你是如何知道我……我……」
「受邀幫忙愛丁堡大學的義賣會……」
「正是如此。我才剛拿到信，而且從那時起我還沒和你說過話。」
「除此之外，」福爾摩斯靠在椅背上，把指尖合攏後說：「我甚至能大膽地推測義賣會的目的是要擴建大學的板球場。」
我困惑地看著他，他全身顫抖但沒笑出聲音來。
「事實是，我親愛的華生，你是個絕佳的研究對象。」他說。「你永遠不會變得乏味。你對任何外部的刺激都立即的反應。你的思考過程或許緩慢但絕不含糊，而且我在早餐時發現，你比我眼前的泰晤士報的社論還要容易閱讀。」
「我很樂於知道你是如何得到結論的。」我說道。
「恐怕我這種給予解釋的好個性，會嚴重有礙我的聲譽，」福爾摩斯說。「不過既然這一連串的推理是基於如此明顯的事實，因此也沒什麼好邀功的。你帶著沉思的表情進到這個房間，這是正在腦海裡就某個論點爭辯的人會有的表情。你手裡拿著一封信。而昨晚你帶著極佳的心情就寢，所以顯然是你手中的這封信改變了你。」
「這很明顯。」
「當我解釋給你聽以後，什麼事都很明顯。我自然問我自己，怎樣的信件內容會對你造成這種影響。你走進來時拿著信封的開口朝向我，我在上面看到了和你大學母校板球帽上一樣的盾形圖案。然後就很清楚了，這請求是來自於愛丁堡大學——或來自與此大學有關聯的某些社團。當你來到桌前，你把信的地址朝上放在你盤子邊，然後你走向壁爐架左上方的相框。」

他對我行動的觀察之精確讓我吃驚。「然後呢？」我問道。

「我瞥了一眼地址，即使隔著六英尺的距離，我也敢說那是非正式的信件。我是從收件人上把『醫生』寫成『醫學士』一詞而得知，你沒有被正式地稱呼。我知道大學職員對於頭銜使用的正確性十分講究，因此我可以肯定地說你的信是非正式的。當你回到桌前，翻開信件，我觀察到附件是一張印刷物，我首次有了義賣會的想法。我已經權衡過它是政治傳單的可能性，但在目前蕭條的政治情況下這似乎不太可能。

「當你回到桌前你臉上還是維持原來的表情，證明了你看過照片後還是沒有改變你的想法。既然那樣必定是與信件本身的主題有關聯。因此，我把注意力轉到了照片上，馬上發現那是你在愛丁堡大學板球隊時的照片，而背景是板球的球場和館舍。我少數關於板球社團的經驗告訴我，它們是地球上僅次於教堂與騎兵掌旗官最缺錢的單位。你回到桌子邊，我見你拿了鉛筆在信封上畫了幾條線，確信你試圖了解由義賣會可以帶來某些整修。你的臉仍有一點猶豫不決，所以我用我的建議打斷你，你應該幫忙這個良善的目標。」

對於他極度簡單的解釋我忍不住微笑。

「當然，這相當簡單。」我說道。

我的話顯然激怒他了。

「我還要補充，」他說，「你剛被要求的特殊協助是請你在他們的紀念文集中寫文章，而你已經決定把現在這個插曲當成你文章的主題。」

「但你怎麼會——」我叫出來。

「這相當簡單，」他說，「交給你自己的聰明才智解答。」他舉起報紙，補充說道，「在此同時，請原諒我回頭讀這篇非常有趣的文章，是有關為何克雷莫納的製琴家族能夠做出傑出小提琴的確切理由。這是有時會吸引我注意的冷門小問題其中之一。」

福爾摩斯探案系列全集（柯南·道爾著）一覽表

連載時間	英文書名·中文書名·好讀出版冊次
1887	A Study in Scarlet 血字的研究（中篇故事） 好讀出版／收錄於福爾摩斯探案全集01《血字的研究&四簽名》
1890	The Sign of the Fou 四簽名（中篇故事） 好讀出版／收錄於福爾摩斯探案全集01《血字的研究&四簽名》
1891-1892	The Adventures of Sherlock Holmes 冒險史（十二篇短篇故事） 好讀出版／收錄於福爾摩斯探案全集02《冒險史》
1892-1893	The Memoirs of Sherlock Holmes 回憶錄（十一篇短篇故事） 好讀出版／收錄於福爾摩斯探案全集03《回憶錄》
1901-1902	The Hound of the Baskervilles 巴斯克維爾的獵犬（長篇故事） 好讀出版／收錄於福爾摩斯探案全集05《巴斯克維爾的獵犬》
1903-0904	The Return of Sherlock Holmes 歸來記（十三篇短篇故事） 好讀出版／收錄於福爾摩斯探案全集04《歸來記》
1908-1917	His Last Bow 最後致意（八篇短篇故事） 好讀出版／收錄於福爾摩斯探案全集07《最後致意》
1914-1915	The Valley of Fear 恐怖谷（長篇故事） 好讀出版／收錄於福爾摩斯探案全集06《恐怖谷》
1921-1927	The Case-Book of Sherlock Holmes 新探案（十二篇短篇故事） 好讀出版／收錄於福爾摩斯探案全集08《新探案》

國家圖書館出版品預行編目資料

巴斯克維爾的獵犬【增錄外傳：板球場義賣會】／
柯南 · 道爾著；楚材、呂仁譯 .
—— 初版 . ——臺中市：好讀 , 2015.08
面：　公分，——（典藏經典；76）

譯自：The Hound of the Baskervilles

ISBN 978-986-178-361-1（平裝）

873.57　　104010825

好讀出版

典藏經典 76
福爾摩斯探案全集 5
巴斯克維爾的獵犬【增錄外傳：板球場義賣會】

原　　著／柯南 · 道爾
翻　　譯／楚材、呂仁
總 編 輯／鄧茵茵
文字編輯／莊銘桓
行銷企劃／劉恩綺
發 行 所／好讀出版有限公司
台中市 407 西屯區工業 30 路 1 號
台中市 407 西屯區大有街 13 號（編輯部）
TEL:04-23157795 FAX:04-23144188 http://howdo.morningstar.com.tw
（如對本書編輯或內容有意見，請來電或上網告訴我們）
法律顧問　陳思成律師

填寫線上讀者回函
獲得更多好讀資訊

讀者服務專線／ TEL：02-23672044 / 04-23595819#230
讀者傳真專線／ FAX：02-23635741 / 04-23595493
讀者專用信箱／ E-mail：service@morningstar.com.tw
網路書店／ http : //www.morningstar.com.tw
郵政劃撥／ 15060393（知己圖書股份有限公司）
印刷／上好印刷股份有限公司
如有破損或裝訂錯誤，請寄回知己圖書更換

初版／ 2015 年 8 月 15 日
初版五刷／ 2022 年 3 月 25 日
定價／ 169 元

Published by How-Do Publishing Co., Ltd.
2022 Printed in Taiwan

ISBN 978-986-178-361-1